弘源 홍원

신가 新武俠 판타지 소설

FANTASTIC ORIENTAL HEROES

홍원 8

신가 新무협 판타지 소설

초판 1쇄 찍은 날 § 2017년 10월 17일
초판 1쇄 펴낸 날 § 2017년 10월 24일

지은이 § 신가
펴낸이 § 서경석

편집책임 § 이지연

펴낸곳 § 도서출판 청어람
등록번호 § 제387-1999-000006호
등록일자 § 1999. 5. 31
어람번호 § 제2-2727호

주소 § 경기도 부천시 부일로 483번길 40 서경B/D 3F (우) 14640
전화 § 032-656-4452 팩스 § 032-656-4453
http://www.chungeoram.com
E-mail § chungeorambook@daum.net

ⓒ 신가, 2017

ISBN 979-11-04-91482-9 04810
ISBN 979-11-04-91291-7 (세트)

弘源
홍원

第一章
채미성주

퍽!

둔탁한 격타음이 울렸다.

그와 동시에 형루가 뒤로 날아갔다.

퍼퍽!

연이어 울린 타격음.

곽진과 태가허도 그대로 날아갔다.

"으윽."

"끄응."

갑작스러운 상황에 세 사람은 신음을 흘리며 온몸을 떨었다.

단 한 방이었음에도 몸 전체를 울리는 통증이 어마어마했다.

"엄살은."

그 모습에 홍원이 피식 웃으며 천천히 걸음을 옮겼다. 그런 홍원을 바라보는 세 사람의 얼굴은 순식간에 공포로 가득 찼다.

"누, 누구요?"

형루가 다시 한 번 떨리는 목소리로 물었다.

"말했잖아, 사신이라고."

홍원은 같은 대답을 하고는 발을 날렸다.

"커헉."

형루가 비명과 함께 나동그라졌다.

"대, 대체 우리에게 이러는 이유가 뭐요?"

태가허가 억울한 얼굴로 울분에 찬 목소리로 외쳤다.

그의 음성에 담긴 감정을 읽었음인가. 홍원의 입가에 비틀린 미소가 떠올랐다.

"세세원."

단 세 글자면 충분했다.

세 사람의 입이 크게 벌어졌고, 눈은 세차게 떨렸다. 홍원의 발길질은 이제부터 시작이었다.

적당한 장단을 타며 여유롭게 움직이는 홍원의 발이었지만, 세 사람에게는 지옥의 고통이었다.

"크윽."

"으으으."

홍원은 아무런 말도 없었다.

무표정하게 발을 계속해서 움직일 뿐이었다.

그야말로 세 사람에게 지옥이 펼쳐진 것이다.

"그… 그만……."

곽진이 이가 다 부러진 채 힘겹게 말했다.

"네놈들이 그깟 알량한 돈을 벌겠다고, 그 불쌍한 아이들에게 준 고통에 비하면 이 정도는 약과야."

"컥!"

그 말은 홍원의 분노에 불을 지를 뿐이었다.

"성주 놈을 꼬여서 작업을 치니 좋더냐? 도둑이면 도둑답게 도둑질이나 할 것이지. 땅으로 장난을 치려 해?"

홍원이 이토록 분노하는 이유는 그것이었다.

이들은 크게 한몫을 잡기 위해 세세원이 위치한 인근의 땅을 고위 귀족들의 별장지로 개발하려는 계획을 세운 것이다.

옆강 마을은 입지가 좋았다. 작은 시골 마을이었기에 알려지지 않았을 뿐.

그랬기에 더욱 좋았다.

태장강변에 있었기에 접근성이 좋았고, 조용히 시간을 보내기 좋은 마을이었다.

세 사람은 그 점에 주목했다.

워낙 잘사는 인간들의 습성을 많이 연구했기에 알게 된 것이다. 부유한 이들의 집을 털려면 그만큼 그들에 대해 잘 알아야 했다.

실제로 도둑질을 성공한 것은 극히 드물었다.

그랬기에 땅에 주목한 것이다.

귀족들과 부자들 중 대다수는 조용하고 은밀한 곳에서 그들만의 세상을 만들기 좋아했다.

태장강의 수려한 풍경과 접근이 용이한 반면, 세상에는 알려지지 않은 마을.

딱이었다.

마을에서 좀 떨어진 숲속의 경관도 훌륭했다.

그곳에 세세원이라는 곳만 없었다면 말이다.

그들은 일단 성주에게 접근했다. 옆강 마을은 채미성의 관할하에 있었기에 개발을 하려고 하면 성주의 허가가 반드시 필요했다.

성주 역시 솔깃했다.

자신의 영역에 그런 곳이 만들어진다면 자신에게도 여러모로 이득이었으니까.

역시나 문제는 세세원이었다.

합법적으로 그곳의 땅을 점유하고 있었기에 아무리 성주라 해도 쫓아낼 수가 없었다.

세세원의 사람들이 사혈궁을 찾아가 탄원이라도 넣는다면 골치가 아팠다.

사혈궁의 궁주는 이런 일에 관심이 없는 이였지만, 문상은 그렇지 않았다.

사혈궁의 대소사를 관장하는 그는 나름의 체계를 만들어 원칙대로 일을 처리하는 자였다. 그의 귀에 탄원이라도 들어간다면 성주 자리가 위태로울 수 있었다.

그때 태가허가 묘수를 냈다.

사채꾼들을 이용하는 것이다.

　자신들이 세세원의 땅문서와 집문서를 훔쳐 그것으로 사채를 쓰면 되는 일이다.

　해서 같은 하오문의 사채꾼들 중 귀금파를 찾았다. 그들은 하오문에 소속된 사채꾼들 중에서도 성주에게 허가를 얻은 몇 안 되는 이들 중 하나였기 때문이다.

　그 후는 홍원이 황약수에게 들은 대로였다.

　그들은 황약수의 신임을 얻기 위해 정말 성실한 모습을 보였고, 땅문서와 집문서가 숨겨진 위치를 알아냈다. 그러기 위해 제법 시간을 보냈다.

　애초에 계획은 사채를 얻은 후 바로 빚으로 압박하는 것이었다.

　하지만 그러기에는 사혈궁의 상황이 심상치 않았다.

　궁주의 손자가 반병신이 되기도 했고 소궁주가 귀환하기도 했다. 그래서 추이를 지켜보며 몸을 사리고 있는데 웬 괴물이 나타나서 궁주를 죽이기까지 했단다.

　사채꾼들이 여전히 조용하게 이자만 받아가는 이유였다.

　새로이 궁주가 된 교하운이 세력을 정비하겠다며 바쁘게 움직이고 있었다. 괜히 눈에 띄는 일을 벌일 필요가 없었기에 조용히 몸을 사리고 있었다.

　자신들이 가진 세세의 땅문서 절반을 믿는 바도 컸다.

　세세원을 쫓아내고 그 지역을 개발하기 시작하면 땅값은 미친 듯이 오르리라.

홍원은 생각할수록 열이 뻗쳤다.

팽호가 성주를 언급하지 않았다면, 그래서 자신이 그들의 관계를 의심하지 않고 하오문에 정보를 얻으러 가지 않았다면.

그저 이들을 단순한 도둑이라고만 생각하지 않았겠는가.

세세원에 관련된 정보에는 이들이 귀금파를 끌어들였다는 정도의 정보만 나와 있었다. 둘이 한통속이었다는 것만 알 수 있었던 것이다.

'내 정체를 알았기에 더 자세한 정보를 준 것일 수도 있지.'

홍원은 그런 생각을 했다.

역시 강호라는 곳은 강하고 봐야 했다.

만약 자신이 이름 없는 그저 그런 무인이었다면, 하오문에서 이런 정보를 얻을 수 있었을까?

그랬기에 무림의 무인들은 어떻게든 강해지려고 수단과 방법을 가리지 않는 것이다.

자신을 찾아 읍성으로 온 그 부나방들도 그런 이들이다.

상념에 잠겼어도 홍원의 발은 부지런히 움직였다. 세 사람은 이제 꿈틀거리는 것도 힘겨워했다.

홍원은 무심한 얼굴로 그들을 내려다보았다.

"어디 있어?"

셋은 대답도 못 하고 두려움 가득한 눈으로 홍원을 쳐다보았다. 무슨 의미인지 알 수가 없었기 때문이다.

"세세원 땅문서."

세 사람의 눈이 잘게 떨렸다.

대체 저자는 누구이길래 모든 것을 알고 있단 말인가.

이건 자신들 셋 말고는 누구도 모를 일일 텐데.

그랬다.

그들이 입단속만 잘했다면 말이다. 셋은 추호도 모를 것이다. 모든 일을 마치고 이곳으로 숨어들기 전, 그간의 회포를 풀기 위해 찾은 기루.

그곳에서 술에 취해 기녀를 품고 자랑스레 떠든 말을 그들은 기억하지 못했으니까.

각자 방으로 가서 기녀와 길고긴 밤을 보내며 횡설수설 떠든 말이다. 그리고 다시 만났을 때는 입을 꾹 닫고 있었으니, 대체 저자가 어디서 그런 사실을 알고 나타났는지 알 도리가 없었다.

하오문은 그런 곳이다. 서로가 서로에 대한 정보마저 수집하는 집단. 소속원들조차 자신이 상대하는 이가 같은 소속임을 모를 수도 있는 집단.

세 사람이 그날 품은 기녀가 하오문 소속임을 알았더라면 분명 다른 기루를 찾았으리라.

세 사람은 고통에 신음하면서도 아무도 입을 열지 않았다. 그것이 그들의 전부나 다름없었기 때문이다.

세세원의 돈은 모두 탕진한 지 오래다. 세세원의 모든 가산이라 할지라도 세 사람이 몇 달을 숨어 지내며 쓰다 보니 어느새 바닥나 버린 것이다.

그들이 믿는 것은 오직 세세원의 땅문서였다.

죽으면 죽었지 이렇게 빼앗길 수는 없었다.

그들의 눈빛에서 그런 심정을 읽은 홍원은 다시 발을 움직였다.

"크헉."

"컥."

"으으……."

갖가지 고통에 찬 신음이 흘러나왔다.

"지금부터 재미있을 거야."

홍원은 나직이 말했다. 발의 움직임이 바뀌었다. 지금까지는 발이 가는 대로 차고 있었다면, 이제부터는 극한의 고통을 주는 요혈을 노려서 발을 놀렸다.

"커헉……."

"헉……."

"……."

세 사람은 눈을 까뒤집고 온몸을 떨었다. 너무나 극심한 고통에 신음 소리조차 제대로 흘리지 못했다. 아니, 숨도 제대로 쉬지 못했다.

홍원은 아무 말도 없었다. 그렇게 발길질을 하다가 잠시 멈추고, 다시 발길질을 하고.

기계적으로 그 행동을 반복할 뿐이었다.

태가허는 이미 눈이 돌아가 있었다. 너무 극심한 고통에 제정신을 유지하지 못하는 것이다.

혼절이라도 하면 좋으련만, 그러지도 못했다.

정신을 잃을라 치면 홍원이 귀신같이 알아차리고 다른 요혈을 자극해 정신을 일깨웠다.

"마, 말하겠습니다."

다 터져 피가 줄줄 흐르는 입술을 움직여 곽진이 힘겹게 말했다. 무수한 구타 속에서 상대가 원하는 바를 느낀 것이다.

자신들이 세세원의 땅문서를 내놓기 전에는 절대 이 구타는 끝나지 않을 것이라는 걸 깨달은 것이다. 해서 구타가 잠깐 쉬는 그때에 서둘러 이야기했다.

구타가 다시 시작되면 극심한 고통에 말을 할 수도 없었으니까.

"가져와."

홍원이 낮게 말했다.

"그, 그러기에는 저희가 움직일 수가……."

여기저기가 부러지고 피를 흘리는 세 사람의 처참한 몰골을 내려 본 홍원이 고개를 끄덕였다.

생각해 보니 저 상태로는 제대로 움직일 수가 없었다.

"어디에 있지?"

"어디에 있냐 하면……."

"안 돼!"

곽진이 장소를 말하려 하자 형루가 힘겨운 목소리로 외쳤다.

홍원이 그를 바라보았다. 그리고 아무런 말도 하지 않았다. 그저 한 번의 발길질로 기절을 시켰을 뿐.

"어디야?"

멍한 얼굴로 그 모습을 지켜보는 곽진의 귀로 홍원의 음성이 다시 들렸다.

"그것이……."

곽진은 상세하게 땅문서를 숨긴 위치를 설명했다. 홍원은 그들을 두고 그들의 거처로 향했다.

곽진이 말한 곳을 뒤지니 과연 땅문서가 아주 소중히 보관되어 있었다.

"일단 절반 찾았군."

홍원은 그 길로 세세원으로 향했다. 하루가 지났으니 황약수가 걱정이 많으리라.

길바닥에 널브러진 세 놈은 알아서들 살아남으려 하겠지.

살아난다 해도 이미 병신이 되어버린 몸뚱이다. 그들이 어찌 살지는 불 보듯 뻔했다.

죽이는 것보다 저렇게 비참한 모습으로 살게 하는 것이 저들에게는 더 큰 형벌이리라.

그랬기에 홍원은 아무런 미련도 두지 않았다. 처음부터 그럴 작정으로 모질게 손을 쓴 것이다.

그런 줄도 모르고 곽진은 하염없이 홍원을 기다렸다.

원하는 것을 줬으니 자신들을 어떻게든 챙겨줄 거라 착각한 것이다.

그가 아무리 기다린들 홍원이 나타날 리 없었다.

얼마간 시간이 흐른 후 곽진도 그 사실을 깨달았다. 원하는 바를 얻은 이상 자신들은 어찌 되어도 상관없음을 말이다.

"빌어먹을 악마 새끼……."

그가 돌아오기를 기력을 다해 기다렸으나, 오지 않음을 깨닫자 곽진은 그 한마디를 남기고 정신을 잃었다.

그렇게 눈이 돌아가 정신을 놓아버린 한 사람과 정신을 잃은 두 사람이 길바닥에 널브러졌다.

뉘엿뉘엿 해가 넘어가며 붉은 노을이 그들을 덮었다. 유독 싸늘한 바람이 불었다.

그 무렵 홍원은 세세원의 정문 앞에 도착했다.

쾅쾅쾅!

문을 두드리고 잠시 기다리니 역시나 문이 살짝 열리며 소혜가 얼굴을 내밀었다.

홍원의 얼굴을 확인한 소혜의 얼굴에 웃음이 어렸다.

겨우 어제 이른 아침에 떠나 오늘 저녁나절에 돌아온 것인데도 몇 달 만에 돌아온 가족을 보는 듯한 얼굴이다.

"저녁은 먹었느냐?"

소혜를 보니 그 말이 먼저 나왔다. 도리도리 고개를 젓는 소혜를 보니 절로 웃음이 나왔다.

조금 전에 흉신악살같이 잔혹하게 사람을 망가뜨린 이라고는 믿을 수 없는 미소다.

"그럼 어서 가서 밥을 먹자."

홍원이 안으로 들어서며 소혜의 머리를 쓰다듬었다.

부엌으로 가니 식재료는 아직 남아 있었다. 홍원이 돌아온 모습을 확인한 아이들은 웃는 얼굴로 여기저기서 모여들었다.

그 모습에 홍원은 마주 웃으며 저녁 준비를 했다.

여전히 아이들의 위장이 걱정되어 이번에도 죽을 끓였다. 대신 처음과 달리 어느 정도 씹는 감이 있도록 적당히 익히고, 간도 조금 더 했다.

이제 이 정도는 부담 없이 먹을 것이다.

다시금 고소한 냄새가 세세원을 가득 채웠다.

그즈음 황약수가 일을 마치고 돌아왔다.

"장죽 선생!!"

부엌에서 홍원을 발견한 황약수는 반색을 하며 달려왔다.

"오늘도 고생하셨습니다."

홍원이 황약수를 보고는 빙긋 웃으며 인사를 건넸다.

"무사하셨군요. 어제 오시지 않으셔서 걱정이 많았습니다."

"일단 식사를 하고 이야기를 하도록 하지요. 마침 다 된 참입니다."

홍원은 자신의 앞에 모여든 아이들의 그릇에 죽을 담아주었다. 지난번보다 양이 좀 늘었다.

아이들은 조금이지만 늘어난 양에 반색했다.

이제 이 정도 양을 먹어도 소화에 큰 무리가 없으리라 판단했다.

저마다의 죽 그릇을 가지고 간 아이들은 굉장히 즐거운 얼굴로 저녁을 먹었다.

고작 죽 한 그릇에 저렇게 행복해하는 사람들이 있는데, 그놈들은 대체 얼마나 욕심을 채워야 행복해지기에 그런 짓을 저

질렀단 말인가.

일을 마치고 돌아온 장성한 아이들에게도 저녁을 나눠주고, 마지막 남은 두 그릇을 가지고 황약수와 홍원이 함께 자리했다.

"대체 어제 오늘 어디를 다녀오신 겁니까?"

황약수가 숟가락만 잡은 채 홍원에게 물었다.

"저간 사정을 좀 알아보러 채미성에 다녀왔습니다."

"그, 그러실 필요까지는……."

황약수의 얼굴이 붉어졌다.

"원주께 여쭤봐도 알려주실 것 같지 않아 직접 움직였습니다."

홍원이 죽을 먹으며 담담히 말했다.

그리고 품에서 땅문서를 꺼냈다.

"그리고 이것을 찾았습니다."

황약수는 두 눈을 부릅떴다. 자신의 눈앞에 보이는 것이 자신이 알고 있는 그것이 맞나 싶었다.

이윽고 두 눈을 끔뻑였다. 꿈인지 생시인지 모를 표정이다. 그런 황약수의 변화를 보는 것이 홍원에게는 작은 즐거움이었다.

"이, 이것을 어찌……."

황약수는 땅문서를 알아보고 떨리는 목소리로 말했다.

"도둑놈들이 가지고 있더군요."

"그, 그들을 찾아내신 겁니까? 강목, 강심, 강경, 강씨 삼 형제를요?"

홍원은 이제야 그들의 가명을 알았다. 게다가 형제로 위장을 했다. 전혀 닮지 않은 놈들이 그런 깜냥은 어디서 나온 것인지 모를 일이다.

"네. 운이 좋아 찾았습니다."

"허어… 선생께서는 대체 어떤 분이시길래 이리도 쉽게 해결하십니까."

허탈함과 감탄이 섞인 눈빛이었다.

황약수는 그들을 잡기 위해 관청을 무수히 드나들었으나, 아무런 소득을 얻지 못했다.

관청에서도 계속해서 쫓고 있다는 답만 주었을 뿐이다.

그런데 단 하루 만에 홍원은 그들을 찾았다고 하지 않은가. 그리고 이렇게 땅문서도 찾아왔다.

"그들은 어찌 되었습니까?"

"다시는 도둑질은 못 할 겁니다."

홍원이 담담히 대답했다. 그들에게 충분한 응징을 가했다는 대답에 황약수의 눈빛이 복잡하게 변했다.

그들 때문에 이런 고생을 하고 있음에도 그들에게 측은지심을 가지고 있었다.

'천성이 착해도 너무 착하군.'

황약수의 감정을 읽은 홍원은 작게 고개를 저었다. 딱 나쁜 놈들에게 이용당하기 좋은 심성을 지닌 이였다. 하지만 그런 심성이었기에 이렇게 아이들을 돌볼 수 있는 것이리라.

또한 허술했다.

절반의 땅문서에 불과할 뿐인데 지금 황약수는 문제가 모두 해결된 양 기뻐하고 있었다.

"자세히 보시면 아시겠지만, 절반의 땅문서일 뿐입니다."

홍원이 그 점을 지적하자 황약수는 그제야 문서를 꼼꼼히 살폈다.

"그, 그렇군요……."

"이건 놈들이 사채꾼들에게 넘기지 않은 문서인 거죠."

"그러면 사채꾼들은 겨우 절반의 문서를 가지고 모든 것을 가진 양 그런 겁니까?"

"문서를 잘 확인하셨으면 아마도 아실 수 있었을 겁니다."

"아아……."

홍원의 대답에 황약수는 크게 한탄했다. 자신이 너무나 부끄러워서였다.

"남은 것도 곧 회수할 수 있을 겁니다."

홍원이 담담하게 말했다.

"어떻게 그럴 수 있습니까?"

황약수도 사채꾼들이 얼마나 독한 놈들인지는 알고 있었다. 그런데 눈앞의 사내는 그것을 주머니에서 물건 꺼내듯이 쉽게 말하고 있었다.

그의 얼굴에 경외의 감정이 자리했다.

나이는 중요하지 않았다. 그가 보여주는 인품과 능력이 절로 그리 만들었다.

"제가 알아서 할 문제이니 걱정 마시고 아이들을 잘 돌보시면 됩니다. 죽이 다 식었습니다. 어서 드시지요."

대화를 나누는 사이, 뜨겁던 죽은 어느새 차갑게 식어 있었다. 그럼에도 황약수에게 그 죽은 세상 그 어느 음식보다 따뜻했다.

홍원은 허겁지겁 죽을 먹는 황약수를 따뜻한 눈으로 바라보았다. 이런 이를 돕고 있자니, 자신의 몸에 밴 피 냄새가 빠지는 듯했기 때문이다.

성주까지 얽혀 있는 복잡한 이야기는 하지 않았다.

황약수가 감당할 수 없다 판단했기 때문이다. 그 문제는 자신이 깔끔하게 해결하면 될 일이었다. 어렵지도 않았다.

'그렇잖아도 좋은 것을 받아둔 게 있으니.'

홍원의 입가에 절로 미소가 어렸다.

이틀을 더 세세원에서 보냈다. 저간 사정을 알았으니 서두를 필요는 없었다.

귀금파 놈들도 자기들이 투자한 것이 있으니 쉬이 몸을 빼지는 않을 것이다. 하지만 홍원의 손에 박살이 난 세 사람의 소식을 듣는다면 도주할지도 몰랐다.

도망간들 어떤가. 하오문에 물어보면 그 종적을 찾는 것은 어렵지 않을 터. 그리고 채권과 문서는 모두 관청에 있을 테니 이틀 정도의 시간은 아무런 문제가 없었다.

오히려 그 시간 동안 아이들을 더 잘 먹이는 것이 홍원에게는 더욱 중요했다.

식재료도 더 사서 채워 넣었다.

땔감도 더 해놓았다. 아직 밤에는 추운지라 아이들이 따뜻하게 자도록 하려면 불을 때야 했다.

그 후 홍원은 다시 세세원을 나섰다.

황약수는 이번에도 걱정스러운 얼굴로 홍원을 배웅했다. 하지만 지난번과는 달랐다.

홍원이 대단한 사람이라는 것을 어느 정도 눈치챘기에 걱정과 믿음, 미안함이 함께한 표정이었다.

이른 아침에 세세원을 떠난 홍원은 채미성으로 향했다.

이번에는 성주를 만날 차례였다.

채미성에 도착한 홍원은 가장 먼저 혜화루로 향했다. 이틀 사이에 혹시라도 변화가 있을까 해서다.

이번에도 극진한 대접을 받으며 최상층에 올라 곡비연을 마주했다.

"어서 오시지요. 이렇게 상공을 자주 뵐 수 있으니 하루하루가 즐겁습니다."

곡비연은 얼굴 가득 미소를 지으며 홍원을 반겼다. 그럼에도 홍원은 무뚝뚝한 얼굴이었다.

'하아, 대체 어느 정도의 부동심을 지녔기에 나를 상대로 저리 담담할 수 있을까.'

곡비연은 자신의 아름다움을 아주 잘 알고 있었다. 그랬기에 자신을 아무렇지도 않게 대하는 홍원의 모습에 아쉬움을 느꼈다. 어떻게든 그와 좋은 관계를 만들고 싶건만.

지부장인 어머니도 적극적으로 그를 포섭하라 하지 않았던가. 그래서 자신이 홍원을 전담해서 만나고 있는 것이다.

"반갑군."

홍원의 인사는 짤막했다.

"귀금파 때문에 오셨지요?"

내심이야 어떻든 곡비연은 여전히 아름다운 미소를 지으며 말을 이었다. 홍원은 고개를 끄덕였다.

뛰어난 이들을 상대하면 이런 점이 편했다. 굳이 장황하게 설명하지 않아도 이렇게 자신의 내심을 잘 알아차리니.

"변화는 없어요. 그저 몸을 바짝 사리면서 상공의 정체를 알아내려고 백방 움직일 뿐이죠."

홍원은 고개를 끄덕였다.

"당연히 그들이 아무리 노력해도 상공의 정체를 알아낼 수는 없을 거예요."

곡비연의 말투가 살짝 변해 있었다. 지난번 방문에서는 극존칭을 사용했으나 이번에는 달랐다. 정말로 연인인 상공을 대하는 듯한 말투였다.

홍원은 굳이 그런 변화를 지적하지 않았다. 홍원에게는 의미 없는 일이었기 때문이다.

"성주에게 가지는 않았나?"

"오히려 성주가 이 일을 모르게 하려고 안간힘을 쓰고 있어요."

여전히 고혹적인 웃음을 짓고 있었다.

'예쁘긴 하군.'

문득 그런 생각이 들었다.

아무리 홍원이라도 천하에 손꼽힐 만한 아름다운 여인이 호감 가득한 웃음을 띠고 자신을 계속해서 바라보고 있으니 변화가 없을 수가 없었다.

단지 표정에 그것이 드러나지 않을 뿐.

"좋군."

홍원은 짧게 말했다.

"성주에게서 채권을 받아내려면 조금 복잡할 거예요. 그도 욕심이 가득한 자라 팽호가 상환이 완료되었다고 이야기해도 순순히 내주지는 않겠죠."

곡비연의 말에 홍원은 그저 미소를 지었다. 곡비연의 눈에 그 미소가 그렇게 오싹할 수 없었다.

"쉽게 해결하시려면 사혈궁의 협조를 받는 것이 좋을 거예요. 이곳은 사혈궁의 세력권이니까요."

홍원은 고개를 가로저었다.

"내가 알아서 하면 될 일이야."

사혈궁 내에서 홍원과 교하운 사이에 있었던 일을 아는 이는 없었다.

하오문과 궁가방도 그 정보는 알아내지 못했다.

그 모습을 지켜본 이가 교하운의 수족인 야율초와 하후필, 그리고 문상인 문인백송, 이렇게 셋이다.

그들은 어디 가서 그때 일을 흘릴 이들이 아니었기에 아직도 사혈궁 내에서의 일은 정보 조직들의 커다란 궁금증이었다.

알려진 것은 단 하나였다.

교중학과 교하운이 홍원에게 패했다는 것.

홍원의 대답에 곡비연의 두 눈이 살짝 반짝였다.

'분명 교하운과 무언가가 있었던 거야.'

어쩔 수 없는 정보 조직 간부로서의 본능이었다.

"나에 대해 관심이 너무 많군."

홍원은 그 눈빛을 놓치지 않았다. 그 말에 곡비연은 태연했다.

"아무렴요. 천하에 장 상공에 대해 관심이 없는 이가 누가 있을까요? 저는 개인적으로도 아주 관심이 많아요."

오히려 당황한 것은 홍원이었다.

이렇게 노골적으로 이야기할 줄은 몰랐던 것이다. 하지만 그런 감정의 동요를 겉으로 어리숙하게 드러내기에는 홍원의 경지가 너무 높았다.

여전히 담담한 얼굴로 홍원은 자리에서 일어났다.

"그럼 이만."

홍원의 뒷모습에서 곡비연은 무언가를 느꼈다. 여자의 감이었다.

"효과가 조금은 있는 건가?"

홍원이 혜화루를 떠나는 모습을 내려다보면서 작게 중얼거렸다.

채미성부.

관청 앞에 이르자 커다란 네 글자가 홍원을 맞이하고 있었다.

병사들이 부리부리한 눈을 뜨고 입구를 지키고 있었다. 그들이 뿜어내는 위압감에 보통 사람은 쉬이 다가가지도 못할 듯했다.

그런데 이곳을 황약수가 그리도 자주 찾았다 하니, 그가 얼마나 절박했는지 알 수 있었다.

"세세원 때문에 왔소이다."

홍원이 앞으로 다가가 말하자 병사가 손을 내저었다.

"아직 결과가 나온 것이 없으니 돌아가시오."

귀찮다는 표정이 역력했다.

"어찌 알아보시지도 않고 그리 단박에 말하시오?"

"결과가 있으며 우리에게 전해졌을 거요. 황 원주가 요즘 안 온다 싶더니. 귀찮게 하지 마시오."

홍원의 말에 병사는 손을 다시 한 번 내저으며 말했다.

이럴 것이라 예상은 했다. 성주가 낀 일인데 해결될 리가 없었다. 아마도 이렇게 내쫓으라고 모든 수문병들한테 명령이 내려왔을지도 모를 일이다.

"그렇다면 성주를 한번 만나봐야겠소이다."

홍원의 그 말에 두 병사는 어이가 없다는 눈으로 홍원을 바라보았다. 이내 가소롭다는 웃음을 지으며 말했다.

"성주께서 너 같은 놈을 만나주실 만큼 한가한 분인 줄 아느냐. 썩 물러가거라."

말이 거칠어졌다.

막무가내로 성주를 만나겠다는 말에 미친놈 취급을 하는 것이다.

홍원의 손이 품으로 들어갔다.

관청의 병사는 무인들과는 다르다. 무턱대고 힘으로 윽박지를 수는 없었다.

이들에게는 이들에게 통하는 힘이 따로 있었다.

권력이라는 힘.

'받아두기를 잘했군.'

홍원의 손에 패가 잡혔다. 사혈궁에서의 일전 후 교하운이 자신에게 건넨 것이다.

병사의 입이 턱 벌어졌다. 자신이 미친놈이라 여긴 자의 손에 들린 것을 보고는 자신의 눈을 믿을 수가 없었다.

홍원은 교하운에게 받은 신분패를 꺼내 들었다.

은판음각금자패(銀板陰刻金字牌).

왕족들만 지닐 수 있는 신분패로 교하운이 귀찮은 일을 피할 수 있을 거라며 건네준 것이다.

관청의 병사들은 당연히 신분패의 등급을 모두 외우고 있다. 만의 하나 있을지 모르는 불상사를 막기 위해 아주 머리가 터져라 외웠다.

그런데 자신들이 미친놈 취급하며 막 대한 자의 손에 왕족의 패가 들려 있었다.

대체 누구란 말인가.

두 병사는 정신을 차리는 순간 대번에 바닥에 납작 엎드렸다.

"주, 죽을죄를 지었습니다. 부디 용서해 주십시오."

정말 빠른 태도 변화였다.

'귀찮은 일을 피하는 데 도움이 될 것이라더니. 과연이군.'

홍원은 이 패를 받을 때 설마하니 자신이 관청과 엮일 일이 생길 거라고는 생각도 못 했었다.

주변을 지나다니는 사람들이 홍원과 병사들을 힐끔거렸다.

여전히 홍원의 손에 들린 은판음각금자패는 주변의 시선을 끌어모으기에 충분한 존재감을 뿜어내고 있었다.

"안에 기별을 해주시오."

"아, 알겠습니다."

홍원의 말에 둘 중 상급자로 보이는 이가 부리나케 안으로 달려갔다. 다른 하나는 여전히 엎드려 있었다.

홍원에게 아무런 말을 듣지 못했기 때문이다. 홍원은 패를 다시 품에 넣었다.

"일어나시오. 그리고 앞으로는 더욱 조심하도록 하시오."

그걸로 끝이었다.

모르고 행한 일이기에 굳이 시끄럽게 만들고 싶지 않았다. 이곳에서는 성주만 족치는 걸로 충분했다. 물론 성주의 그 짓에 관련된 이들이 있다면 그들도 좋은 꼴을 보지는 못할 것이다.

잠깐 후, 소란스러움과 함께 수많은 관료들이 뛰어나왔다.

홍원은 그들의 극진한 대접과 함께 관청으로 들어갔다.

거대한 응접실에서 다향을 맡으며 잠시 있으니 성주가 헐레벌떡 뛰어들어 왔다.

살이 뒤룩뒤룩 찐 그의 모습은 그냥 보아도 욕심이 가득해 보였다.

축 늘어진 턱살이 그의 욕심의 절정을 보여주는 듯했다.

"채미성의 성주, 신 성도호가 은판음각금자패의 주인을 뵙습니다."

넙죽 엎드려 최고의 예를 표했다.

그로서도 아닌 밤중에 홍두깨 같은 일이리라. 조용한 변방의 성에 갑자기 나타난 왕족이라니.

실상 홍원은 패를 가졌을 뿐, 왕족은 아니었지만 말이다.

"반갑소, 성주."

일단 패를 지녔다 했기에 예를 표했지만, 성도호는 반드시 행해야 할 일이 있었다. 패의 진위를 확인하는 것이다.

"외람된 말씀이오나 패를 확인할 수 있겠나이까?"

아주 조심스레 말했다.

실상 가짜 신분패를 가지고 이런 짓을 벌일 미친놈이 있을 리 없잖은가. 확인할 필요도 없이 저것이 진짜라고 성도호는 확신하고 있었다.

하지만 절차는 지켜야 했다.

어느 성주가 진위 판별의 절차를 행하지 않아, 패의 주인에게 호된 꾸지람을 들었다는 전설 같은 이야기가 성주들 사이에 떠돌고 있었다.

패의 주인의 성격에 따라 무슨 일이 어떻게 벌어질지 몰랐기에, 일단 모든 절차는 지켜야 했다.

"여기 있소이다."

홍원은 순순히 패를 성도호에게 건넸다.

분명한 진짜였다. 다만 그 패에 쓰인 이름이 문제였다.

교하운.

세 글자.

"헉……."

그 글자를 확인한 성도호는 까무러칠 듯 놀랐다. 이 패의 주인이 누구인지 너무나 잘 알기 때문이다.

지금은 이 패를 사용하지 않는 사람이다.

반금반은양각패(半金半銀陽刻牌)를 지닌 사혈궁의 궁주였으니까.

눈앞의 사내는 절대로 교하운이 아니다. 그것은 확신할 수 있다. 그런데 교하운의 소궁주 시절 패를 지니고 나타났다.

이것이 무엇을 말하는 것일까?

사혈궁 소궁주의 신분패를 줍거나 혹은 훔치거나 위조했다?

말도 안 되는 일이다.

아마도 직접 본인에게 전해 받았을 것이다.

성도호의 몸이 부들부들 떨렸다. 그래도 확인할 것은 확인해야 했다.

"혹시 존함이 어찌 되십니까?"

"장죽이라 하오."

홍원은 여전히 가명을 사용했다.

"패의 존함과 대인의 존함이 다르니, 일단 진위 여부와 취득 여부를 확인해야 합니다. 죄송하나 잠시 이곳에 머무르시며 기다려 주실 수 있나이까?"

"그렇게 하겠소."

홍원은 고개를 끄덕였다.

성도호는 허리를 숙여 홍원에게 인사를 한 후 응접실에서 물러났다. 잠시 후 시비가 찾아와 홍원이 머무를 객당으로 안내해 주었다.

채미성주 성도호는 정신이 없었다.

지급으로 사혈궁에 전서응을 날렸고, 하오문에 의뢰를 넣었다.

장죽이라는 사람의 정체에 대한 것이었다.

패는 확인 결과 당연히 진품이었다.

자신의 집무실에 홀로 있는 성도호는 다리를 덜덜 떨었다.

"뭐지? 대체 뭐 때문에 저런 인물이 날 찾은 거지?"

교하운의 이름이 새겨진 패의 위력은 대단했다. 그는 지금 머리를 쥐어뜯으며 대체 이 난국을 어찌 타개할지 고민에 고민을 거듭했다.

그때 하오문으로 보냈던 수하가 돌아와서 전서를 전했다.

전서를 펼쳐 든 성도호의 얼굴이 와락 일그러졌다.

불명(不明).

단 두 글자만 있는 전서다.

"이 빌어먹을 놈들. 꼴랑 이 두 글자 값으로 얼마를 받아 처먹은 거냐!"

욕이 절로 튀어나왔다.

일그러진 그의 얼굴이 펴질 줄을 몰랐다. 불명이라 했지만, 그 두 글자로 유추할 수 있는 사실이 있었기 때문이다.

하오문이 장죽이라는 자의 정체를 모를 리 없다. 그들은 아마 성도호 자신보다 자신에 대해 더 잘 알 것이라 믿고 있으니까.

단지 성주인 자신에게 불명이라 할 만큼 하오문에서 그의 눈치를 보고 있다는 의미다.

대체 얼마나 대단한 인물이기에.

일이 더욱 복잡해지고 있었다. 성도호는 헛된 기도를 계속했다. 사혈궁에서 패의 주인을 인정하기 않기를 간절히 바라고 또 바랐다.

"궁주님, 채미성에서 지급(至急)으로 전서가 도착했습니다."

문인백송이 전서를 가지고 교하운을 찾았다.

"응? 채미성? 상당한 변방일 텐데. 거기서 지급이라니? 설마 다른 세력의 움직임이 보이는 건가?"

변방이라 함은 곧 경계였다. 그런 곳에서 지급으로 전서가 왔다고 하니 교하운은 가장 먼저 타 세력을 떠올린 것이다.

문인백송이 고개를 저었다.

"아닙니다."

"그럼 무슨 일이지?"

교하운이 고개를 갸웃거렸다.

"일전에 선물하신 물건 때문입니다."

문인백송이 빙그레 웃으며 전서를 교하운에게 공손히 전했다.

천천히 전서를 읽는 교하운의 입가에도 웃음이 떠올랐다.

"이 친구, 거기서 대체 뭔 짓을 하는 거지? 거기에 이름이 장죽? 허, 참. 유람 다닌다고 하더니… 당최 모르겠군."

교하운이 고개를 저으며 전서를 내려놓았다.

"어찌할까요?"

"뭘 어찌해? 그 친구 하고 싶은 대로 하게 둬야지. 우리가 어찌할 수 있는 인물이 아니지 않은가? 내가 그에게 준 게 맞고, 그 패에 맞게 예를 다해 대하라고 지급으로 전해. 그러라고 준 패인데."

"알겠습니다."

문인백송은 그럴 줄 알았다는 얼굴로 허리를 숙였다.

홍원 정도의 인물이라면 이렇게 하는 것이 좋았다. 괜히 그의 분노를 샀다가는 그 피해가 더 커질 뿐이다.

홍원이라는 사람이 사리분별하지 않고 날뛰는 광인이 아니지 않은가. 교하운은 그의 인품을 믿었기에, 혹여나 있을지도 모를 나쁜 사태를 미연에 방지하기 위한 목적으로 그 패를 준 것이다.

마황성이나 숭무련의 영역에서 관과 얽혀서 난리가 나는 건 상관없지만 적어도 사혈궁에서는 그런 일은 없어야 하지 않은가.

일단 교하운은 오랜 식도락 여행을 하면서 겪은 경험이 있기에 관료를 신뢰하지 않았다.

그런 이들과 홍원이 잘못 엮이기라도 하면 큰 사달이 날 것은 분명한 일 아니겠는가.

"아, 그리고 채미성이 대체 뭐 때문에 그 친구하고 엮였는지도 한번 알아봐. 그 친구 성격에 아무 일도 없이 그 패를 내보이지는 않았을 테니까."

"그리하겠습니다."

"아, 아니야. 바쁜 자네가 그럴 필요는 없지. 필이한테 넘겨."

하후필에게 시키라는 말에 문인백송의 웃음이 조금 더 환해졌다.

"알겠습니다."

그렇게 하후필에게 업무가 하나 더 생기는 순간이었다.

지급으로 보냈던 전서응이 지급으로 돌아왔다.

그 소식을 듣는 순간 채미성주의 얼굴은 복잡했다. 설마 이렇게 빨리 처리될 줄은 몰랐던 것이다.

지급에 지급으로 돌아왔다는 것은 그가 정말로 중요한 사람이거나, 아니면 정말로 패를 훔쳤을 수도 있다는 것이다.

전서에 적힌 내용은 전자였다.

교하운이 친히 패를 전한 사람이니 극진히 모시라는 것이었다.

"허어……."

하늘이 노래지는 것 같았다.

본디 뒤가 구린 사람들이 이런 경우 당황하게 마련이다. 윗사람의 의도를 알 수가 없기 때문이다.

소식을 받았으니 전해야 했다.

미적미적거리면서 시간을 끌 수도 있지만, 전서의 내용이 그러지 못하게 했다. 현 사혈궁주가 친히 내준 패라고 하지 않은가.

홍원은 웃는 얼굴로 채미성주 성도호의 방문을 받았다.

"어쩐 일이시오? 제법 이른 시간이오만."

"패에 대한 모든 확인 작업이 끝났습니다, 대인."

성도호는 공손히 패를 홍원에게 건넸다.

"생각보다 빠르군."

홍원이 고개를 끄덕이며 패를 받아 품에 갈무리했다.

"존귀한 대인께서 이 누추한 곳은 어쩐 일로 찾으셨나이까?"

성도호의 태도는 극진하기 이를 데 없었다.

'교하운이 뭐라고 한 거지?'

사혈궁에 패의 진위를 문의했을 것은 뻔했다. 그런데 확인이
끝난 후 성도호가 이리 저자세를 보이니 문득 궁금해졌다.

어찌 되었든 홍원으로서는 편한 일이다.

"세세원."

홍원은 이번에도 짧게 대답했다.

그 세 글자를 듣는 순간 성도호는 온몸을 부르르 떨었다. 그
러나 그것은 찰나지간이었다.

그는 능청스러운 얼굴로 되물었다.

"세세원이라니, 어떤 곳인지요?"

그러나 홍원이 그의 변화를 못 볼 리 없었다.

"그럴수록 재미없을 거라네, 성주."

홍원이 빙긋 웃었다. 그 미소는 참으로 무섭기 그지없었다.
하지만 성도호는 미처 그것을 느끼지 못했다.

"적어도 채미성에는 세세원이라는 곳이 없습니다. 제 관할이
채미성 주변으로 넓은 지역인지라 혹시 그곳에 있는 곳일지도
모르겠군요."

성도호, 그는 욕심에 비해서 눈치는 느린 인물이었다.

퍽!

홍원의 주먹이 그대로 그의 육중한 배에 꽂혔다.

"커헉!"

숨이 턱 하니 막히며 극심한 고통에 절로 신음이 흘러나왔다.

"꺄악!"

갑작스러운 상황에 곁에 있던 시비가 비명을 질렀다. 그 비명 소리에 병사들이 객당 안으로 뛰어들어 왔다.

배를 부여잡고 바닥에 쓰러진 성주의 모습이 그들의 눈에 가장 먼저 들어왔다.

"성주님!!"

병사들이 깜짝 놀라 성도호에게 달려갔다.

"멈춰."

그때 홍원이 나직이 말했다. 나직했으나 또렷이 들렸고, 항거할 수 없는 위엄이 담긴 목소리였다.

병사들은 그 목소리를 듣자마자 우뚝 멈춰 섰다. 감히 거역할 수 없었다.

성도호는 고통으로 정신이 혼미해지는 와중에 그 모습을 모두 지켜보았다.

"세세원."

그런 성도호를 향해 홍원이 다시 한 번 나직이 말했다.

"기… 기억이 납니다……."

성도호가 힘겹게 말했다. 말 한마디로 자신의 병사들을 꼼짝 못 하게 했다.

보통 사람이 아닌 것을 그제야 깨달은 것이다. 단순히 교하운의 패만 지닌 것이 아니다. 그에 못지않은 힘을 가지고 있는 이였다.

홍원이 성도호 쪽으로 막 걸음을 떼려 하자 그의 입이 다시금 움직였다.

"제 관할인 옆강 마을이라는 곳의 작은 숲속에 있는 장원입니다. 듣기로는 고아들을 모아 돌본다고 하였습니다."

홍원이 자신의 앞에 당도하면 다시 한 번 맞을 것을 직감한 성도호는 고통도 잊고 빠른 속도로 말했다.

그러나 그의 그런 노력도 홍원의 걸음을 막지는 못했다.

퍽!

"커헉!"

뱃가죽을 꿰뚫는 듯한 격통이 온몸을 울렸다. 성도호의 입에서 절로 비명이 터져 나왔다.

홍원은 아무 표정 없는 눈으로 그를 내려다보았다. 그 얼굴에서 자신의 대답이 틀렸음을 성도호는 알아차렸다.

"세세원."

홍원이 같은 말을 세 번째로 입에 올렸다.

'대체 무엇을 원하는 것이란 말인가… 으윽… 서, 설마?'

그때 불현듯 성도호의 머릿속에 스치는 생각이 있었다. 하지만 그것은 결코 저 사람이 알 수 있는 것이 아니었다.

"화, 황약수라는 자가 원주로, 주변은 물론 먼 곳에서 고아들을 데려다 돌보고 있습니다."

그 대답에 홍원의 발이 다시 움직였다.

"크아악!"

이번에는 정말로 격심하게 아팠다. 지금까지와는 전혀 달랐다. 목청이 찢어져라 비명이 터져 나왔다.

그 모습에 시비들과 병사들이 움찔했다. 그들은 어찌할 바를 모른 채 홍원과 성도호를 번갈아 가며 쳐다보았다.

이번의 충격에 성도호는 결론을 내렸다.

'그, 그것 때문이다……'

하지만 이 자리에서 그 사실을 말할 수가 없었다. 듣는 귀가 너무 많았다.

"모, 모두 나가라."

성도호가 떨리는 목소리로 힘겹게 말했다. 그러나 상황이 상황인지라 그 명령을 들은 이들은 주저주저했다.

"어, 어서 나가!"

신음과 비명이 뒤섞인 성도호의 외침에 시비와 병사들은 우물쭈물 객당 밖으로 나갔다.

이제 이 공간엔 홍원과 성도호 단둘만 남았다.

"채, 채권 때문입니까?"

성도호가 몸을 일으키며 물었다. 여전히 온몸이 미친 듯이 아팠으나 가만히 있을 수 없었다. 그랬다가는 눈앞의 저 인간이 더한 고통을 줄지도 몰랐다.

홍원이 그제야 입가에 미소를 띠며 고개를 끄덕였다.

"어디까지 알고 오신 겁니까?"

여기서 성도호의 판단은 다시 한 번 틀렸다. 홍원을 그 사업의 이권을 노리고 온 이로 착각한 것이다.

그 말을 하는 그의 표정에는 공범을 보는 기색이 은근히 떠올라 있었다.

홍원의 미소는 그대로였다.

다만 미소에 담긴 감정이 변했을 뿐이다. 그것은 극심한 분노였다. 저놈은 이런 상황에서도 머릿속에 떠오른 생각이 돈뿐이었다.

하지만 눈치라고는 가지지 못한 것인지 홍원의 미소를 보고 성도호 역시 은근한 웃음을 지었다.

고통에 찡그린 얼굴로 짓는 웃음은 기괴하기 그지없었다.

위기를 벗어났다는 생각 때문일까. 성도호는 홍원이 아무 대답도 하지 않았음에도 말을 이어나갔다.

자신과 같은 부류라 착각한 탓이다.

"그 땅에 지금 걸린 것이 많습니다. 수많은 유력 인사들이 그 땅에 관심을 보이고 있어서 말입니다. 막대한 이권이 걸려 있는 상황인데, 가장 큰 걸림돌이 바로 세세원이죠."

빠르게 말하는 탓에 입술이 마르자 혀로 침을 바른 후 계속 말했다.

"하지만 그 부분은 거의 해결됐습니다. 땅문서의 절반은 채권으로 가지고 있고, 나머지 절반은 제 심복들이 가지고 있지요."

그 심복들은 지금 병신이 되었든지 죽었든지 했겠지만, 성도호가 그 사실을 알 리는 없었다.

극심한 분노가 온몸을 뒤덮었지만, 어디까지 떠드나 보자, 하고 홍원은 잠자코 지켜보았다. 가슴속 분노의 겁화는 새하얗게 변해 거세게 불타올랐다.

"지금 분위기가 분위기인지라 조심히 추이만 지켜보고 있는 중입니다. 일단 어느 정도 안정기에 접어들면 채권을 이용해서 세세원을 밀어내고, 개발을 시작할 예정이지요. 이미 많은 분들이 투자금을 맡기고 있습니다. 그곳을 개발하는 데 필요한 허가 사항들은 제가 전부 해결할 수 있지요."

거기까지 말한 성도호의 눈에 어린 은근한 기색이 더욱 노골적으로 변했다.

"대인께서도 그 땅에 관심이 있으신 듯한데… 어떻게 투자금은 얼마나 생각하시는 것인지……."

"다 했나?"

"네?"

은밀한 물음에 답 대신 질문이 돌아오니 성도호는 되물을 수밖에 없었다.

"유언 말이다."

홍원의 말은 짧았다. 길게 할 수가 없었다. 너무도 거대한 분노는 딱 해야 할 말만 하게 만들었다.

"그, 그게 무슨……."

이제야 돌아가는 분위기가 심상치 않다는 것을 느낀 성도호가 주춤주춤 뒤로 물러섰다. 움직일 때마다 이는 고통에 그의 얼굴은 잔뜩 일그러졌다.

퍽!

홍원의 발끝이 다시 한 번 성도호의 배에 박혔다.

"커허허헉!"

내부가 뒤집어졌다.

성도호는 온몸을 부들부들 떨며 자신이 먹은 음식들을 전부 게워내고 있었다.

그뿐만이 아니었다.

붉은 피가 섞여 나오고 있었다. 피를 토하는 성도호의 두 눈은 부들부들 떨렸다.

피를 보니 이제야 실감이 나는 것이다. 정말로 죽을 수도 있다는 위기감이 그의 머리를 지배했다.

"대… 대체 왜 이러시는 겁니까?? 설마 그 전부를 원하시는 겁니까?"

그러나 그 와중에도 돈에 대한 욕심은 끝이 없었다.

홍원은 아무런 대답을 하지 않았다. 그저 발을 움직일 뿐이다.

퍽! 퍼퍽! 퍽! 퍽!

파육음이 요란하게 울렸다. 성도호는 아무런 말도 못 하고 피를 토하며 비명을 지를 뿐이다. 그의 비명은 객당 밖으로도 크게 울렸다. 그러나 감히 안으로 들어오는 이는 없었다.

그저 비명 소리가 울릴 때마다 움찔움찔 몸을 떨 뿐이다. 듣는 사람마저도 모골이 송연해질 정도였다.

성도호는 목이 쉬어서 비명조차 제대로 지르지 못했다. 그러나 정신을 잃은 것은 아니었다.

홍원이 그가 정신을 잃도록 둘 리가 없었다. 그렇게 성도호
는 지옥보다 더한 고통 속에서 허우적거리고 있었다.

얼마나 시간이 흘렀을까.

홍원의 발이 멈췄다. 홍원은 다탁의 의자에 몸을 기대고 앉
았다. 눈에 가득한 분노가 조금은 잦아들었다.

"가져와."

"무… 무엇을……."

쇠 긁는 듯한 목소리가 희미하게 성도호의 입에서 새어 나
왔다.

"채권. 땅문서."

굳이 세세원이라 이야기할 필요는 없었다.

"으… 으… 으……."

움직이려고 몸을 허우적거리니 극렬한 통증이 온몸을 지배
했다.

이제 성도호에게도 눈치란 것이 생겼다. 자신이 당장 그의
요구를 들어주지 않으면 다시 맞게 된다. 그래서 어떻게든 움직
이려 하였으나 몸이 말을 듣지 않았다.

그 모습을 본 홍원이 눈을 찌푸렸다.

너무도 커다란 분노에 그만 움직이지도 못할 정도로 만들어
버린 것이다.

아직 채권과 땅문서를 회수하지 못했는데, 생각이 짧았다.

"한 사람 들어와라."

홍원이 객당 밖으로 외쳤다. 그 목소리에 시비와 병사들은 서로를 바라보며 쭈뼛거렸다. 그렇게 서로를 바라보던 그들은 한 명에게 눈빛을 모았다.

이 자리에 있는 이들 중 가장 어린 시비였다.

그녀는 울상을 지은 채 천천히 객당으로 걸음을 옮겼다. 막내의 숙명이었다. 그녀는 속으로 온갖 생각을 다 했다.

왜 오늘 객당 담당을 친구와 바꿔줬을까. 오늘 몸도 안 좋았는데 그냥 아프다고 하고 하루 쉴 것을 그랬나. 조금 전에 밖으로 뛰쳐나왔을 때 객당 앞에 있지 말고 그냥 멀리 도망갈걸.

그야말로 별의별 후회가 다 몰려왔다.

'괘… 괘… 괜찮을까?'

시비는 떨리는 가슴을 부여잡고 떨어지지 않은 걸음으로 문을 열고 안으로 들어섰다.

그리고 성주님과 그 손님이 있던 가장 좋은 방으로 향해 방문을 열었다.

"꺄아!!!"

문을 열고 드러난 광경에 그녀는 그만 비명을 질렀다. 그럴 수밖에 없었다.

성주님이 피투성이의 돼지고기처럼 변해 있었으니까.

절로 눈물이 줄줄 흘러내리고 온몸이 덜덜 떨렸다.

"저놈이 시키는 대로 해라."

홍원이 턱짓으로 성주를 가리키며 말했다. 그 차가운 목소리에 정신이 번쩍 들었다.

그러고 보니 가슴 어림이 움직이는 게 살아 있었다.

천천히 가까이 다가가 보니 쇳소리 같은 숨소리와 신음 소리
가 들렸다.

"초… 총관을 불러와. 총관 한 명만."

시비는 정말로 힘겹게 그 말을 알아들을 수 있었다. 홍원이
고개를 끄덕이자 그녀는 부리나케 밖으로 달려 나갔다. 들어올
때와는 전혀 다른 속도였다.

그리고 자신이 본 것을 밖에 있는 사람들에게 전했다.

관청은 그야말로 난리가 났다. 비명 소리가 성주의 목소리임
은 알고 있었지만 혹시나 하는 생각에 사태만 지켜보고 있었
다.

성주가 대인이라 부르며 고개도 못 드는 손님이었으니까.

하지만 이제는 상황이 달라졌다.

관청 내의 병사들이 모두 몰려왔고, 총관도 눈썹을 휘날리
며 달려왔다.

"소란스럽군."

바깥의 움직임을 느낀 홍원이 언짢은 듯 중얼거렸다. 성도호
가 그 목소리에 움찔 떨었다.

그 언짢음이 자신을 향해 쏟아질 것만 같았기 때문이다.

"서, 성주님."

그때 총관의 목소리가 들렸다.

"들어와."

대답을 한 이는 홍원이었다.

채미성의 총관은 안으로 들어오자마자 숨을 크게 들이쉬었다. 이미 듣고 왔지만, 실제로 보니 더욱 처참했다.

홍원이 턱 끝으로 성주를 가리켰다.

"저놈이 시키는 대로 해,"

성주에게 다가간 총관은 한참 동안 그의 말을 들었다. 말을 들을 때마다 표정이 시시각각으로 변했다.

그 역시 세세원 개발 사업에 한발을 담근 터였기 때문이다.

마른침을 꿀꺽 삼켰다.

그는 성주와 달리 눈치가 굉장히 빠른 자였다.

'세세원과 인연이 있는 자다… 잘못하면 나도 이 꼴이 날지도……'

성주의 말을 요약하면 이랬다. 비밀 금고에서 채권과 땅문서를 가지고 오되, 군부에 이야기해서 성을 포위해 저놈을 족치라는 것이다.

'이 바보 같은 인간아… 이렇게 눈치가 없어서야… 욕심이 눈을 가린 것인가?'

총관은 성주의 말에 귀를 기울이면서도 끊임없이 홍원의 눈치를 살폈다.

'저 정도의 고수가 이 말을 못 들을 리가 없잖아, 이 바보야.'

이제 성주가 성주로 여겨지지도 않았다.

홍원은 아무 움직임이 없었다. 그 모습에서 총관은 그가 원하는 것이 오직 땅문서와 채권임을 알았다. 그 순간 그의 머릿속에 계획이 섰다.

홍원에 대한 것은 알고 있었다.

장죽이라는 자가 사혈궁주 교하운의 소궁주 시절 신분패를 가지고 나타났고, 사혈궁에 이미 확인까지 받았다.

총관으로서 이런 큰 사안을 모를 리 없었다.

객당을 나선 총관은 밖에 잔뜩 모인 병사들에게 대기할 것을 명령하고 바쁘게 움직였다.

자신도 몰랐던 비밀 금고의 위치와 여는 방법을 이미 모두 들은 터다.

하지만 가장 먼저 향할 곳은 그곳이 아니었다. 그가 얼마나 기다려 줄 것인지 몰랐으니 최대한 빠르게 움직여야 한다.

총관은 자신의 집무실을 먼저 들러 심복에게 몇 가지 명령을 내렸다. 그리고 성주의 집무실로 가 비밀 금고를 열었다.

무수히 많은 전표와 금원보가 쌓여 있었다.

"이 인간 욕심이 많은 줄은 알고 있었지만 대체 얼마나 해처먹은 거야."

그리 중얼거리는 총관의 두 눈도 욕심으로 번들거렸다.

"거기까지."

막 금원보로 그의 손이 향하는 순간, 낯선 목소리가 들렸다.

목소리가 들리는 순간 총관은 딱 멈췄다. 분명 그자였다.

'사, 상상을 초월하는 고수다……'

분명 객당에 있던 이가 언제 이곳에 나타났단 말인가. 총관의 고개가 천천히 뒤로 돌아갔다.

그곳에는 팔짱을 낀 홍원이 무심한 눈으로 그를 바라보고 있었다.

성주의 말에서 이놈도 세세원의 일에 한발 걸친 것을 알았다. 그리고 객당을 나가서 하는 짓을 기감으로 느껴보니 눈치가 제법 빠른 듯했다.

아마 채권과 땅문서는 수하들을 시켜 자신에게 보내고 제놈은 이곳의 돈을 챙겨 도망갈 생각이었으리라.

그래서 굳이 홍원이 직접 온 것이다.

그리고 더 이상 성주에게 볼일도 없었다.

퍽!

"커헉!"

홍원의 발끝이 총관의 배 깊숙이 박혔다가 나왔다.

그는 자신이 먹었던 음식과 피를 미친 듯이 게워냈다.

"좋군."

홍원은 비밀 금고를 흡족한 눈으로 바라보았다. 그리고 총관이 준비해 온 자루에 전부 쓸어 담았다.

채권과 땅문서도 꼼꼼히 확인했다.

애초에 관청의 서류 보관소에 있어야 할 문서가 성주의 비밀 금고에 있다니.

홍원은 그렇게 모든 것을 챙기고 훌쩍 떠났다.

총관에 의해 그 사실이 알려졌고, 채미성부는 무척이나 소란스러워졌다.

감히 홍원의 뒤를 쫓지 못했다. 성주가 죽기 직전의 딱 숨만 붙어 있는 것이나 다름없는 상황인지라 그것이 더 급했다.

그렇게 겨우 성주가 사람 비슷한 모습을 되찾기까지 칠 일이
라는 시간이 필요했다.

그즈음 사혈궁에서 하후필이라는 자가 채미성주를 찾았다.

그의 얼굴에는 과로로 인한 짜증이 가득했다.

第二章

재회

"아… 아아……."

홍원이 가지고 온 채권과 땅문서를 본 황약수는 채 말을 잇지 못했다.

눈은 붉게 물들어 있었다. 참 눈물이 많은 사람이었다.

"대, 대인은 대체 어떤 분이십니까?"

황약수가 홍원을 보며 물었다. 선생이라 부르던 것이 어느새 대인이 되어 있었다.

그럴 수밖에 없었다. 관청에 보관된 이 서류를 보통 사람이 가지고 올 수 있을 리는 없었다. 그만한 권력이 있어야 가능했다. 훔친 것이 아니라면 말이다.

홍원은 그 물음에 그저 웃음만 지었다.

그리고 얼마간의 돈을 더 내놓았다.

"앞으로는 그런 일이 없도록 조심, 또 조심하십시오. 믿을 만한 이를 구하기 어렵다 싶으시거든, 이곳에서 장성한 아이들과 함께하는 것도 좋을 것 같습니다. 이번에 보니 아이들이 참 대견했습니다."

황약수와 함께 막일을 다닌 아이들의 의젓한 모습을 떠올렸다. 그 아이들에게도 이곳이 집이니 장성했다고 모두 떠나고 싶은 것은 아니리라.

"조언 새겨듣겠습니다."

역시나 황약수의 눈에서는 눈물이 흐르고 있었다. 홍원은 그 모습에 고소를 머금었다. 이것은 이 사람의 천성인가 보다.

"그럼 전 이만 가보도록 하겠습니다."

홍원이 자리에서 일어나며 말했다.

"네? 그게 무슨 말씀이십니까?"

황약수가 깜짝 놀라 자리에서 일어나며 홍원의 손을 잡았다. 이미 해가 저물어 밤이 깊어가고 있는 시간이다.

이런 시간에 떠난다니.

"가봐야 할 곳이 많습니다."

홍원이 담담히 말했다. 그 말에 황약수는 고개를 끄덕였다.

이런 큰 사람이 고작 세세원 한 곳만 도와주었을 리는 없지 않은가.

"그러시더라도 오늘 밤은 보내고 가시지요."

황약수가 간곡하게 말했다. 하지만 홍원은 고개를 저었다.

"정이 너무 들어서요. 지금 떠나는 게 좋을 것 같습니다."

홍원이 말하는 정은 아이들과 든 것이었다. 날이 밝은 후 아이들의 얼굴을 보면 발을 떼는 것이 무척이나 안타까울 것만 같았다.

그래서 지금 조용히 떠나려는 것이다.

홍원의 손을 잡은 황약수의 손이 힘없이 아래로 늘어졌다. 그리 말하는 이를 더는 잡을 수 없었다.

홍원은 품에서 전표 몇 장을 꺼내주었다.

"앞으로 운영하시는 데 도움이 될 겁니다. 어쩌면 이게 제가 드릴 수 있는 마지막 도움일지도 모릅니다."

"아, 아닙니다. 이미 너무나 큰 도움을 주셨는데, 어찌……."

"마지막이 될지도 모르니 그냥 기분 좋게 받아주십시오."

홍원이 한 번 더 마지막을 강조하니 황약수는 더 이상 거절하지 못하고 전표를 받았다.

그렇게 방을 나서니 한 아이가 물끄러미 서 있었다.

세세원에 들어올 때 문을 열어주었던 소혜였다. 오늘 느지막이 찾아온 홍원의 얼굴에서 무엇을 느꼈음인가. 아이는 우울한 얼굴로 황약수의 방을 바라보고 있었다.

홍원의 얼굴에 안타까운 기색이 스쳤지만 떠나지 않을 수는 없는 노릇.

소혜에게 다가가 머리를 쓰다듬어 주었다.

"훌륭한 어른이 되거라."

그 말에 소혜는 눈물을 흘렸다. 손으로 눈물을 닦으며 고개를 끄덕였다. 그 모습이 대견해 보였다.

"그래. 그럼 잘 지내고."

그 짧은 인사를 남기고 홍원은 세세원을 떠났다.

홍원의 걸음은 포구로 향했다. 다시 태장강에서 배를 타고 동쪽으로 더 가볼 생각이었다.

그러면 그곳은 경천회의 영역이다.

홍원이 죽림 시절에 도움을 준 곳은 많았다. 황약수에게 한 말대로 세세원에서만 시간을 보낼 수는 없었다.

이제 시간은 늦은 밤을 향해 달리고 있지만 홍원에게는 아무 상관 없는 일이다. 홍원은 느긋하게 옆강 마을을 빠져나가 포구로 향했다.

별이 총총히 빛나는 밤하늘이 고즈넉했다. 강에서 불어오는 바람도 포근하니 봄기운이 가득했다.

봄날 밤의 산책은 나름의 운치가 있었다. 먼 길을 떠나는 참이지만 홍원에게는 산책이나 다름없었다.

멀리 포구가 보였다.

깊은 밤이라 불이 꺼지고 어둠만이 내린 곳이지만, 홍원의 눈에는 또렷이 보였다.

그리고 낯익은 여인 한 명이 그곳에 다소곳이 서 있었다.

"이제 오시는군요."

가벼운 경장 차림의 곡비연이 홍원을 보고는 생긋 웃었다.

"무슨 일이지? 더는 볼일이 없을 거라 생각하는데?"

너무나 무덤덤한 홍원의 반응에 곡비연의 얼굴에 실망의 기색이 살짝 스쳤다.

"저도 강호 유람이나 갈까 해서요."

언제 그런 기색이 떠올랐냐는 듯 생글생글 웃으며 말했다.

"한데?"

아무렇지도 않은 홍원의 반문.

곡비연은 이번에는 좀 과하게 실망한 기색을 비쳤다. 표정도 굉장히 과장되었다. 한 손으로 눈가를 살짝 훔치기까지 하면서 입을 열었다.

"장 상공께서는 이토록 아름다운 여인이 홀로 강호 유람을 하겠다는데 걱정도 안 되시나요?"

"허."

그 모습에 홍원은 실소를 터뜨리고 말았다.

"원래 이런 성격인가?"

어이가 없어 이렇게 묻고 말았다.

"그럴 리가요. 제가 얼마나 도도하고 고고한데요."

홍원의 물음에 곡비연은 언제 그런 기색을 비쳤냐는 듯 샐쭉 웃었다.

"그런데 왜 이러지?"

이어진 물음에 곡비연은 홍원을 빤히 바라보았다.

"그야 상공이시니까요."

너무나 적나라한 말이다. 그럼에도 홍원의 표정은 변화가 없었다.

"하아, 너무하시네요. 이런 절세미녀가 그리 말하는데도, 그런 무뚝뚝한 얼굴이라니……."

작은 발로 애꿎은 흙만 톡톡 찼다.

그야말로 완벽하게 연출된 행동이다. 물론 홍원도 그 사실을 잘 알고 있었다.

"나와 함께 움직여 무엇을 얻을 수 있다고 그런 과한 연기를 하는 거지?"

홍원의 물음에 곡비연이 활짝 웃으며 답했다.

"그야 물론 상공이지요."

"노리는 게 너무 큰데? 욕심이 과해."

홍원이 피식 웃으며 말했다.

"그래서 이렇게 직접, 홀로 왔지요."

그녀의 말대로 주변에는 아무도 없었다. 홍원을 뒤따르거나 감시하는 이가 없다는 뜻이다.

"그래봐야 어디든 깔린 것이 하오문의 눈과 귀인 것을."

"그렇긴 하죠."

곡비연은 고개를 끄덕이며 순순히 인정했다.

"마음대로 해."

홍원은 곡비연의 동행을 허락했다. 어차피 하오문이라면 자신이 어디를 가든 쫓아올 수 있다. 그러느니 그냥 따라오도록 하는 편이 귀찮음이 덜할 것이라는 판단이었다.

"고마워요, 상공."

곡비연이 다시 한 번 생긋 웃었다. 그녀의 웃음은 분명 아름다웠다.

홍원은 그러거나 말거나 근처 풀밭에 누웠다.

날이 밝아야 배가 뜰 테니 적당히 이곳에서 밤을 보내려는 것이다.

그런 홍원의 곁에 곡비연이 가만히 앉았다.

"설마 날이 밝을 때까지 이러고 있으려는 거예요?"

그녀의 물음에 홍원은 답하지 않고 두 눈을 감았다. 그리고 이내 명상에 빠져들었다.

곡비연은 그 모습을 어이가 없다는 듯 보았다.

"에휴, 내가 정말 이게 무슨 취급을 받는 건지……."

그렇게 한탄을 하고는 살포시 홍원의 옆에 가만히 누웠다. 혹시라도 있을 그 무언가를 기대하면서.

*　　　　*　　　　*

두 주먹을 중심으로 세상이 검게 물드는 듯했다.

우르릉 쾅쾅!

요란한 뇌성과 함께 사방으로 뻗어나가는 권강의 향연은 환상적이기까지 했다.

사방으로 튀는 바위와 물보라에도 주먹의 움직임은 한 치의 흔들림도 없었다. 그저 우직이 투로를 따라 진행되었다.

모든 움직임이 끝나는 순간.

아주 잠깐이지만 세차게 떨어지던 폭포마저 멈췄다.

일수유의 시간이 흐르고 다시 요란한 소리와 함께 폭포가 떨어져 내렸지만, 분명 찰나의 멈춤이 있었다.

이 모든 것을 만들어낸 여인의 입가에 미소가 떠올랐다.

"됐어. 대성이다."

내공의 문제가 해결된 이후 묵천붕뢰권의 성취는 굉장히 빠른 속도로 올라갔다.

향산 동면에서 수련을 하며 더욱 그 완성을 향해 나갔다.

드디어 오늘, 대성을 이룬 것이다.

단리유화의 얼굴에는 만족의 미소가 떠올랐다. 이곳을 찾을 때 세운 첫 번째 목표를 이룬 것이다.

"그럼 이제 어쩐다?"

세차게 떨어져 내리는 폭포를 보며 단리유화가 중얼거렸다. 주변을 둘러보니 그녀의 권격의 여파로 엉망진창이었다.

"후우, 일단 내가 망가뜨린 것부터 정리를 해야지."

그렇게 이틀을 그곳에 머물며 주변을 정리했다. 그리고 다시 읍성을 찾으니 낯익은 수문병이 그녀를 반겼다.

"어서 오십시오, 소저. 이번에는 제법 오래 계셨습니다."

유들유들한 인사에 단리유화는 생긋 웃었다. 예전에 홍원의 집을 안내해 주었던 홍원의 친구였다.

분명 동문의 수문병 조장이라 들었던 것 같은데, 언제부터인가 이렇게 서문에서 마주치게 되었다.

"네. 이번에 성취가 좀 있어서요."

"오! 그거 축하드립니다."

진구는 제 일처럼 기뻐하며 말했다. 물론 그녀의 말이 무슨 의미인지 알지 못했다. 하지만 그의 감이 그렇게 행동해야 한다고 말했다.

"네, 감사해요. 그보다 추 조장님은 요즘 너무 무리하시는 거 아닌가요? 안색이 많이 안 좋아 보이네요."

"네? 아닙니다. 끄떡없습니다. 하하하."

그렇게 단리유화가 성문을 지나가고, 진구의 어깨가 급격히 처졌다.

"후우."

깊은 한숨.

가만히 그의 얼굴을 보면 눈 아래의 검은 기운이 입술 옆까지 내려올 듯했다.

"쯧쯧."

옆에서 혀를·차는 소리가 들렸다.

본디 서문 수문병의 조장인 전해덕이었다.

"좋냐? 사흘을 꼬박 이곳에 있으면서 그 얼굴 한 번 보면?"

전해덕의 물음에 진구는 고개를 끄덕였다.

"그러게. 나도 내가 왜 이런 미친 짓을 하는지 모르겠다만… 오르지 못할 나무란 것도 아는데… 그래도 저 미소를 한 번 보면 열흘은 즐거우니까."

진구의 대답에 해덕은 고개를 절레절레 저었다. 진구의 부탁으로 근무 장소와 시간을 바꿔주고는 하는데, 그 시간이 보통 단리유화가 성문을 오가는 시간이었다.

이번에는 그녀가 사흘 만에 돌아온 터라, 진구는 사흘 꼬박 이곳에 있었다.

"그거 집착이다."

"순수한 동경이라고 해주라."

"거참, 종현이에게 듣기로……"

"그만. 나도 안다."

해덕 역시 진구 또래로 이 작은 읍성 출신이었기에 홍원이나 종현, 철우와 친분이 있었다.

"아름다운 꽃은 그냥 보는 것만으로도 좋고, 기쁜 거야. 꼭 꺾어서 꽃병에 꽂아 내 서탁에 올려놓지 않더라도 말이지."

"거, 네놈이 그런 말도 할 줄 알고, 참 세상 오래 살고 볼 일이다. 됐고, 어서 들어가서 자라. 사흘 내리 근무 섰으니 충분히 쉴 수 있을 거다."

진구가 사흘을 이곳에 있으면서 병사들의 근무 순번이 꼬였다. 그것을 모두 정리한 것이 해덕이었다.

덕분에 이제 진구는 하루 열두 시진 동안 쉴 수 있었다.

"그래. 그럼 부탁할게."

그렇게 피곤에 찌든 뒷모습을 남긴 채 진구는 자신의 집으로 향했다.

"쯧쯧."

해덕은 그 모습을 보고 낮게 혀를 찼다. 그가 친구에게 해줄 수 있는 것은 아무것도 없었다.

단리유화는 그런 사정도 모른 채 콧노래를 흥얼거리며 자신
의 거처로 향했다. 이번 성취로 기분이 매우 좋은 것이다.

"멍!"

그때 그녀를 향해 개가 짖는 소리가 들렸다.

소리가 들린 곳으로 향하니, 그곳에 홍해와 묵린이 있었다.
읍성에 머무르며 어느새 홍원의 가족과 제법 친분을 가지게 되
었다.

"언니!"

"어머, 홍해야."

묵린의 등에 올라타고 있던 홍해는 폴짝 뛰어내려 단리유화
의 품에 폭 안겼다.

"왜 이렇게 오랜만에 왔어요!"

겨우 사흘이건만 홍해에게는 제법 긴 시간이었던 것 같았다.
홍원이 집을 떠난 후 홍해는 단리유화를 찾으며 오빠에 대한
그리움을 달랬다.

그러던 차에 단리유화까지 사흘간 보이지 않으니 이렇게 그
녀의 집 주변을 묵린과 배회하고 있었다.

묵린이 그녀의 냄새를 맡고는 집으로 가는 길목에서 이렇게
기다리고 있었던 것이다.

단리유화는 홍해를 자신의 집으로 데리고 가 잠시 시간을
보낸 후 돌려보냈다.

이제 온전히 그녀만의 시간이었다.

등불이 너울거리며 그림자가 이리저리 춤을 추게 만들었다.

단리유화는 가만히 앉아 앞으로의 일을 생각했다. 자신의 인생 목표는 홍원이 이루어주었다. 그리고 숭무련을 떠나 읍성으로 오면서 세웠던 첫 번째 목표도 이제 막 이룬 참이다.

"앞으로 무얼 해야 할까?"

담담히 홀로 중얼거렸다.

가족도 없고, 지인도 없다. 읍성에 와서 새로운 인연들이 생기기는 하였지만, 삶의 목적이 될 만한 이들은 없었다.

목표를 이룬 것은 좋았으나, 그 이후가 문제였다.

커다란 공허함이 몰려왔다.

대성을 이룬 기쁨은 잠시였다.

성취를 위한 노력은 성취 그 자체에 대한 목적도 있었으나, 그것이 삶의 원동력이기도 했다.

그녀의 인생에서 이렇게 앞으로 무얼 할지 모르는 때는 처음이었다.

숭무련에 돌아갔을 때도 그녀가 할 업무는 많았다. 점차 권력에서 밀려나며 업무가 줄어들 때면 무공 수련이 있었다.

그 무공 수련에서 지금 하나의 성취를 이루고 나니, 다음에 대한 생각이 없었다.

물론 무공의 수련에 끝이 어디 있을까.

다만 처음으로 이룬 대성이기에 잠시 허탈함과 공허함이 몰려오는 것이다.

다음 단계는 단순한 수련만으로는 이룰 수 없다는 것 또한 잘 알고 있었다.

"그곳에 가볼까?"

공허함이 몰려올 때 문득 떠오른 곳이다. 지금까지 단 한 번
도 떠올린 적이 없는 곳.

다른 이들은 고향이라 부르는 곳이지만, 그녀는 그곳이 자신
의 고향인지 알 수 없었다.

그저 기억이라는 걸 하는 순간이 그곳부터 시작이었다. 동
생 단리유철과 함께 배를 곯으며 구걸을 하고 지냈던 곳, 천애
고아로 둘이서 서로 의지하고 지냈던 곳.

"어디였었지?"

그 마을의 풍경은 눈에 그리듯이 보이지만, 정확한 위치와
이름은 가물가물했다.

너무 오랜 세월 잊고 살았다.

한참을 기억을 뒤진 끝에 기억해 냈다.

태장강변의 한탄 마을. 분명 경천회의 영역에 있는 작은 마
을이었다.

그곳은 태장강 하류 부근의 마을이라, 강의 범람으로 인한
피해가 극심한 지역이었다.

때문에 늘 고아와 거지가 넘쳐나는 곳이다. 그나마 경천회의
영역이라 그들이 전력을 다해 그런 수재민들을 보살폈기에 그
나마 그 정도였다.

대체 신도운악은 무슨 목적으로 그런 작은 마을을 찾았던
걸까?

다시 떠올려 보니 그 부분이 의문이었다. 단리유화가 아는

그는 그런 곳을 일부러 찾아다닐 사람은 아니었으니까.

날이 밝자 단리유화는 홍원의 집을 찾았다. 아무 말 없이 훌쩍 떠나면 홍해가 많이 슬퍼할 것 같았기 때문이다.

얼굴을 마주하고 고향에 다녀오겠다는 말을 전하자, 홍해는 대번에 엉엉 울었다. 옆에 있던 홍산도 눈시울이 살짝 붉어졌다.

홍산과 홍해.

이 남매에게 단리유화는 알게 모르게 정을 많이 주었다.

누나와 남동생, 오빠와 여동생이라는 차이는 있었지만, 자신과 단리유철 같은 쌍둥이였기 때문이다. 홍산을 보노라면 문득문득 동생 단리유철이 떠오르기도 했다.

홍원의 어머니의 권유로 아침까지 함께한 후 단리유화는 길을 떠났다.

그녀가 택한 길은 수로였다.

태장강의 포구로 가서 배에 올랐다.

그녀의 기억이 맞으면 이 배를 타고 가면 오래지 않아 고향마을에 도착할 수 있을 것이다.

그녀가 배에 오른 무렵, 홍원은 채미성에서 한창 귀금파를 두들겨 패고 있었다.

배를 타고 강을 내려가는 여정은 신기하기도 했고, 즐겁기도 했고, 지루하기도 했다.

강변의 풍경이 끊임없이 변했기에 신기하였으나, 늘 배 위에서 보내는 일상은 지루하기 그지없었다.

명상을 하고 있어도, 보이지 않는 길에 답답했다.

하룻밤은 이동하고 하룻밤은 포구에서 쉬면서 물자를 싣고 내렸다. 그럴 때면 포구의 객잔에서 밤을 보냈는데, 그 침상이 그렇게 포근할 수가 없었다.

그렇게 반복되는 일상 속에 이번에도 포구에 정박했다. 밤을 지새워 운항했기에, 이른 아침에 포구에 닻을 내렸다.

많은 사람들이 내렸고, 많은 이들이 배에 올랐다.

늘 있는 일이었기에 단리유화는 무심히 배 난간에 기대어 포구를 바라보고 있었다.

그때 그녀의 귀에 익숙한 목소리가 들렸다. 소란스러움에 묻혀 보통 사람이라면 듣지 못할 크기였으나 그녀는 들었다.

익숙한 무언가가 들린다 싶은 순간 습관적으로 내공을 집중한 덕이다.

"아, 그러고 보니 그들을 잊었군."

"무슨 말씀이신가요? 상공."

"귀금파. 성주한테 채권이랑 땅문서를 받아낸 다음 족친다는 것이 그만… 빨리 세세원에 가려는 마음에 그냥 옆강 마을로 가버렸어."

아쉽다는 듯 중얼거리는 목소리였다. 이 목소리는 너무나 익숙한 목소리였다.

"그러고 보니 그게 의문이었어요. 귀금파에 들르지 않으셔서요. 다른 생각이 있으신 건 줄 알았는데, 그냥 깜빡하신 거네요, 호호."

뒤이어 들리는 낯선 여인의 목소리도 있었다.

단리유화는 익숙한 목소리가 들려온 곳으로 돌아섰다. 그 순간 눈이 딱 마주쳤다.

역시 그였다.

장홍원.

단리유화의 두 눈이 살짝 떨렸다. 설마 이런 곳에서 그를 만날 줄이야.

놀란 것은 홍원도 마찬가지였다.

읍성에 있어야 할 그녀를 이곳에서 만났으니 당연한 일이다.

홍원이 그녀에게 다가갔다.

곡비연은 단리유화를 발견하고 표정이 살짝 변했다. 한눈에 그녀의 정체를 알 수 있었다. 이미 초상화로 수십 번은 봐왔던 요주의 인물이었으니까.

'초상화에 비할 바가 아니야. 이렇게 아름다운 사람일 줄이야.'

문득 위기감이라는 것이 느껴졌다.

"단리 소저, 이런 곳에서 뵙는군요."

"네, 장 공자. 저도 많이 놀랐어요. 유람을 위해 떠나셨다는 말은 들었는데 이렇게 만날 줄은 몰랐네요. 한데 이쪽 분은……."

단리유화의 시선이 곡비연에게 향했다.

"반가워요, 단리 소저. 전 곡비연이라고 해요. 채미성에서 상공과 인연이 닿아 이렇게 함께 움직이게 되었답니다."

홍원이 입을 열려는 찰나 곡비연이 한 발 앞으로 나서서 먼저 이야기했다.

"상공?"

홍원을 향한 곡비연의 호칭을 단리유화가 중얼거렸다.

"그녀가 멋대로 부르는 겁니다."

홍원이 오해를 사전에 차단했다. 홍원의 말에 곡비연은 괜히 심통이 난 듯 입술을 샐쭉거렸다.

"그렇군요. 아, 가족분들은 다 잘 지내고 있으니 걱정 마세요. 제가 떠나오는 날 아침까지 아무 일 없었답니다."

"고맙습니다."

단리유화와 가족들 사이의 친분은 지난번 귀가 때 홍산에게 들어 알고 있었다.

갑자기 곡비연이 모르는 이야기가 둘 사이에 나오자 그녀의 위기감은 더해졌다.

은근슬쩍 홍원에게 달라붙으며 단리유화에게 물었다.

"그런데 소저께서는 어디까지 가시는 건가요?"

"경천회의 영역으로 가요. 그곳의 작은 마을에 잠시 들를까 해서요."

"그래요?"

곡비연은 은근한 눈으로 단리유화를 바라보았다. 그러는 동안에도 그녀의 머릿속에는 단리유화에 대한 모든 정보가 지나갔다.

분명 자신보다 훨씬 먼저 홍원과 인연을 맺은 그녀다.

강적의 등장이었다.

"네. 한탄 마을이라고, 작고 보잘것없는 마을이지요."

그리 말하는 그녀의 입가에 처연한 미소가 맺혔다.

"한탄 마을이라고요?"

홍원이 의외란 얼굴로 물었다.

"네."

"허."

곡비연은 홍원의 반응에 불길한 예감이 들었다. 사실 홍원의 목적지에 대해서는 모르고 있었다.

다만 세세원 같은 곳을 더 찾을지도 모른다고 생각할 뿐.

"왜 그러시죠?"

홍원의 반응에 단리유화가 물었다.

"마침 저도 그곳으로 가던 중이라서요."

"네?"

이번에 놀란 것은 단리유화였다. 그가 그녀의 고향 마을에는 왜 간단 말인가.

그런 의문이 담긴 눈으로 홍원을 바라보았다.

"옛 인연이 있어서요."

홍원은 짧게 답했고 단리유화는 고개를 끄덕였다. 그리고 곡비연은 쓴웃음을 머금었다. 자신의 불길한 예감이 맞아떨어져 버렸다.

"그보다 축하드립니다."

홍원의 말에 곡비연이 의아하다는 눈으로 두 사람을 바라보왔다. 저게 무슨 의미란 말인가.

"드디어 대성을 이루셨군요."

"역시 공자의 눈을 속일 수는 없군요. 감사합니다."

홍원의 말에 단리유화는 살짝 고개를 숙여 답했다. 그제야 곡비연은 무공의 경지에 대한 이야기임을 알아차렸다.

그리고 깜짝 놀랐다.

단리유화가 자신보다 윗줄의 고수임은 알고 있었지만, 이렇게 격차가 클 줄은 몰랐다.

도저히 가늠을 할 수가 없었다.

'문의 정보에 허점이 많아. 아무래도 배에서 내리는 대로 소식을 전해야겠어. 상공이 대성이라 하였으니… 아무래도 묵천붕뢰권을 십이 성 이룬 모양이네.'

그녀의 그런 복잡한 심사와는 상관없이 배는 다시 물길을 따라 움직이기 시작했다.

                    *   *   *

"부르셨나요? 회주님."

모용연이 모용백의 집무실에 들어서며 허리를 숙여 인사를 했다.

아무리 아비와 딸이라 하나, 집무실에서는 회주와 부하였다. 모용연은 그 공적인 선을 철저히 지켰다.

"원, 녀석. 뭘 그리 딱딱하게 말하느냐. 아비한테."

그리고 공적인 부분에서는 칼 같은 모용백이었지만, 단둘이 있을 때 딸의 이번 모습에서만큼은 섭섭해했다.

"회주님의 집무실인걸요."

모용연의 대답에 모용백은 고개를 절레절레 저었다.

"단둘뿐이잖으냐."

"그렇긴 하지만요."

사실 그래서 모용연의 말투가 조금은 부드러웠다. 만약 이 자리에 문상이라도 있었으면 정말로 딱딱한 업무상의 말투가 나왔으리라.

"그래. 시킬 일이 있어 불렀다."

최근 들어 회의 일에 하나둘 나서기 시작하는 그녀였다. 모용혜의 건강이 그만큼 좋아졌다는 반증이었다.

"말씀하세요."

"태장강 쪽을 좀 둘러보고 오너라. 아직 홍수 철이 되려면 멀었다만, 그 전에 미리미리 대비를 해야지."

태장강은 네 세력의 경계를 이루며 도도히 흐르는 강이지만, 정확히 말하면 마황성과 경천회의 경계는 아니었다.

사혈궁에서 경천회 쪽으로 넘어오면서 남쪽으로 꺾여 흐르며 온전히 경천회의 영역에 태장강이 전부 들어가 있었다.

"그러네요. 미리 살펴야지요. 축복이자 재앙이니."

모용연이 모용백의 말에 고개를 끄덕였다.

사혈궁 영역의 중류 지역뿐 아니라 경천회 영역의 하류 지역에도 상습적인 범람 지역이 있으니.

모용연의 말대로 축복이자 재앙이었다.

비옥한 흙을 넓은 평야에 뿌려주는 축복이자, 수많은 수재민을 만들어내는 재앙.

"범람 예상 지역의 성주들이 준비를 잘하고 있는지 확인도 좀 하고, 혹여나 중간에서 착복하는 자들이 없는지도 꼼꼼히 살피고. 바쁠 게다. 원래는 다른 이들이 해야 할 일이다만… 지난번 마황성과의 전쟁 뒷일이 아직도 많이 남았구나."

"당연히 해야 할 일인걸요."

모용연의 말에 모용백은 대견하다는 듯 고개를 끄덕였다.

"그래. 문상에게 가면 가야 할 곳을 알려줄 거다. 준비는 다 해놨으니 네가 준비되는 대로 떠나면 된다. 인원이나 물자는 할 수 있는 데까지는 지원하도록 했다.

"알겠습니다."

인사를 하고 모용백의 집무실을 나온 모용연은 문상 심온의 집무실로 향했다.

그는 서류의 산과 한창 생사대전을 치르는 중이다.

"문상을 뵙습니다."

"오, 왔느냐."

"네."

서류 더미에서 살짝 고개만 돌려 모용연을 맞았다.

"차라도 내줘야 하는데, 내가 좀 많이 바쁘구나."

"괜찮습니다."

그렇게 말을 하는 와중에도 심온의 눈과 손은 서류를 검토하느라 여념이 없었다.

"여기, 이 서류를 받아 가면 된다. 나머지는 실무진을 찾으면
될 게야."

얼마나 바쁜 것일까. 서류 뭉치를 받아 든 모용연은 그대로
심온의 집무실을 나왔다.

자신의 방으로 가면서 서류를 대강 살펴보았다.

가야 할 곳의 목록이 가장 먼저 눈에 들어왔다. 그 목록 중
제일 첫 자리를 차지한 곳은 한탄 마을이라는 곳이었다.

                    *   *   *

배에 오르고 하루가 지났다. 어쩌다 보니 홍원은 두 여인
과 함께 움직이게 되었다.

곡비연과 단리유화는 모두 얼굴을 면사로 가린 채 선실에 자
리하고 있었다. 단리유화 홀로 있을 때도 힐끔거리는 사람들이
많았는데, 거기에 곡비연까지 함께하니 귀찮은 일이 생길 것만
같았다.

해서 둘 모두 면사로 얼굴을 가린 것이다.

화창했던 하늘에 점차 구름이 몰려오더니 이윽고 새까맣게
물들었다. 금세라도 비가 쏟아질 것 같았다.

홍원은 그런 갑판 위에 홀로 서 있었다. 두 여인과 함께 있으
면 은근한 신경전이 귀찮았던 것이다.

곡비연이 끊임없이 던지는 추파에 단리유화가 반응을 했고

그 과정이 홍원에게는 못내 난감한 일이었다.

기실 홍원의 입장에서 언제 여인과 이런 일을 겪은 적이 있었겠는가.

열다섯 나이에 늙은 사부와 천하를 떠돌았다. 그리고 사부가 등선한 후 홀로 천선의 비급을 찾기 위해 천하를 떠돌았고 마지막 조각을 찾아 은살림에 들지 않았던가.

여인과 풋풋한 사랑을 나눌려야 나눌 수 없는 상황이었다.

그래서 이런 상황이 홍원으로서는 못내 어색하고 당혹스러웠다.

여인과의 경험이 없는 것은 아니었다. 살행을 하는 과정에서, 그리고 그 이후 피를 잊기 위해 기녀를 품은 적은 있었다.

하지만 그저 필요했기에 품었을 뿐, 여인과 교감을 나누거나 연모의 정을 가진 적은 없었다.

그야말로 처음 겪는 일인 것이다.

그저 부동심으로 무뚝뚝하게 있기에 곡비연이나 단리유화는 그 사실을 모를 뿐이다.

아니, 곡비연은 조금은 눈치를 챘다. 그랬기에 더욱 적극적으로 홍원에게 다가가는 것이다.

홍원과 마찬가지로 무공 수련만 했던 단리유화는 그런 섬세한 감정을 알지 못한다. 그리고 그녀가 알고 있는 남자의 감정이란 신도운악 때문에 겪었던 비틀어진 괴물 같은 욕구뿐이었다.

참으로 복잡한 심정으로 홍원은 하늘을 올려다보았다.

그때, 시꺼먼 먹구름이 빗방울을 떨어뜨리기 시작했다.

쏴아.

한두 방울 떨어진다 싶은 빗방울은 순식간에 폭우로 변했다. 홍원은 서둘러 선실로 들어섰다.

홍원이 들어서자 곡비연이 당장 그를 향해 달려가 팔짱을 꼈다. 팔 한쪽에 뭉클한 촉감이 느껴졌다. 홍원의 눈꼬리가 살짝 떨렸다. 떨림은 찰나의 순간이었다. 홍원은 금세 무뚝뚝한 얼굴을 했으나, 곡비연은 그 떨림을 놓치지 않았다.

'반응이 있어. 좋은 조짐이야.'

반달처럼 휜 눈웃음을 지으며 곡비연이 홍원을 잡아끌었다.

"상공, 비가 이리 오는데 어서 들어오시지 않고요."

홍원은 단리유화가 앉아 있는 곳으로 가서 앉았다. 선실 내의 수많은 남자들의 시선이 홍원을 향해 꽂혔다.

질투와 분노의 시선이었다. 양손에 꽃이라니.

그들은 곡비연과 단리유화가 면사를 쓰기 전의 얼굴을 알고 있었다. 그랬기에 지금도 그녀들을 힐끔거리며 보는 이들이 있었다. 면사를 쓰기 전에는 아예 넋 놓고 멍하니 바라보는 이들이 부지기수였다.

한데 남자 하나를 향해 두 미녀가 저리 다정한 모습을 보이니 질투가 날 수밖에 없었다.

다만 홍원의 허리에 찬 검과 도를 보고 쉬이 시비를 걸거나 하지 않을 뿐이다.

"이 계절에 원래 이리 비가 오는 겁니까?"

홍원이 단리유화를 보고 물었다. 그 모습에 곡비연이 입술을 샐쭉거렸다. 일부러 시선을 돌린 것을 느꼈기 때문이다.

홍원으로서는 곡비연의 지속적인 돌진이 부담스러웠다. 다소 곳이 있는 단리유화가 그녀에 비해 편한 것은 분명한 사실이었다.

"글쎄요. 저도 워낙 어릴 적에 떠나서 기억이 안 나네요. 그때는 당장 다음 끼니를 걱정하는 것이 가장 큰일이라서요."

단리유화의 대답에 홍원은 고개를 끄덕였다.

"이 시기에 이런 큰 비는 좀 이상한 일이기는 해요."

홍원의 궁금증을 풀어준 이는 곡비연이었다.

자연히 홍원의 시선이 그녀를 향했다.

"제가 이런 쪽 정보도 아주 잘 알고 있지요."

여전히 그녀는 홍원을 향해 호감 가득한 웃음을 짓고 있었다. 그녀의 말에 단리유화를 고개를 갸웃거렸다.

단리유화는 아직 곡비연의 진정한 정체를 알지 못했다.

"시기에 따른 날씨도 알고 있다고?"

홍원이 의외라는 표정으로 물었다.

"그렇지요. 그 날씨에 따라 얼마나 큰돈이 움직이는데요."

곡비연의 대답에 홍원은 고개를 갸웃거렸다. 쉬이 이해가 가지 않았기 때문이다. 그것은 단리유화도 마찬가지였다.

"호호, 상공께서는 천생 무인이시군요."

그 모습이 곡비연에게는 또 다른 매력으로 다가왔는지 웃음이 살짝 들떠 있었다.

"태장강의 범람에는 아주 큰 이권이 걸려 있어요. 범람 때문에 수많은 수재민이 발생하는 건 슬픈 일이지만, 세상에는 그것과 별도로 자신의 이익에 혈안이 된 사람이 많거든요."

"범람으로 이득을 본다고?"

"그렇지요. 태장강의 범람은 달리 보면 비옥한 토양을 강 주변의 땅에 잔뜩 뿌려주니까요. 마침 그 시기도 파종 시기 직전이고요. 그러니 비가 언제, 얼마나 오는지를 정확히 기록해서 다음 해를 예측하는 거죠."

"흐음."

홍원은 곡비연의 말에 흥미를 보였다.

"범람의 규모가 큰지 작은지에 따라서 이득을 보는 땅의 범위도 달라지고요. 그 해 풍흉을 예측하는 데도 큰 도움이 되고요. 그래서 이런 정보를 원하는 이들이 아주 많지요."

그 말에 홍원은 고개를 끄덕였다. 짧은 설명이었지만, 충분히 그 사정을 이해할 수 있었다.

"그렇다면 피해를 줄일 수 있지도 않나요?"

물음을 던진 것은 단리유화였다.

태장강 범람의 피해를 직접 온몸으로 겪었던 그녀였기에 할 수 있는 질문이었다.

"물론 가능하죠. 하지만 하는 이가 없지요. 돈이 안 되니까요."

곡비연의 말에 단리유화의 얼굴이 어두워졌다.

강의 범람으로 인해 피해를 보는 지역에 사는 이들은 가난한 이들이었다.

어쩌다 한 번 범람하는 것도 아니고, 매년 있는 일이다. 모든 이들이 홍수가 날 것을 알고 있다.

그럼에도 그곳에 사는 이들은 어떤 이들이겠나.

가진 것 없고, 힘없는 이들이 어쩔 수 없이 사는 것이다. 그곳이 아니면 몸을 누일 곳이 없는 이들이다.

"너무하네요."

그들에게 비가 언제 올지, 언제 강이 범람할지만 미리 알려준다면, 많은 이들이 그 피해를 입지 않을 수도 있는 것 아닌가.

단리유화의 말에는 그런 한이 담겨 있었다.

"잔인한 현실이죠. 그나마 그 정보를 이용해서 미리 대응하려고 하는 곳은 경천회 정도예요. 그들도 십 년쯤 전부터 그 일을 시작했지요."

"왜 십 년 전부터지?"

홍원이 의아한 듯 물었다. 그가 알고 있는 경천회라면 훨씬 전부터 그 일을 했어야 했다.

"몰랐으니까요."

"몰랐다?"

홍원이 되물었다. 이해할 수 없는 말이었다. 심온 정도 되는 사람이 그런 것을 몰랐을까?

"선입견이란 게 무서운 법이죠. 다른 생각을 아예 하지 않게 만들거든요. 결론이 이미 내려져 있으니까. 하나에서 둘이 되는 것은 쉬워요. 하지만 무에서 하나를 만드는 것은 굉장히 어려운 일이에요. 선입견을 깬다는 것은 그런 거예요."

"그렇지."

곡비연의 말에 홍원이 동의했다. 선입견을 깬다는 것은 무의 깨달음과도 일맥상통하는 것이었다.

"매년 있는 범람을 보면서 그것을 예측해 보겠다는 발상 자체가 그런 것이죠. 아무도 하지 않았던 일이니까."

"그런데 십 년 전에 어떻게 시작하게 된 거죠?"

단리유화가 끼어들었다. 그 내용에 흥미를 가진 것이다.

"상인들이요. 돈 귀신들은 정말 무서운 자들이에요. 발상에 제한이 없어요. 돈을 벌 수 있는 방법이 없을까 궁리를 하면서 온갖 기상천외한 생각을 하고, 그 생각을 시험하죠. 아마 십이 삼 년 전부터 시도했을 거예요."

"그걸 경천회에서 십 년 전에 알게 된 거로군."

홍원의 말에 곡비연이 고개를 끄덕였다.

"이제는 황실도 알고 사혈궁도 알아요. 숭무련과 마황성도 물론이구요. 그런데 직접 움직이는 이는 경천회뿐이죠."

"왜죠?"

숭무련에 몸을 담았던 단리유화가 물었다. 그 목소리가 살짝 날카로웠다.

그녀가 담당했던 업무가 아무리 태장강의 범람과는 거리가 멀다고는 하지만 그런 사실을 전혀 몰랐다.

태장강 중류의 범람은 사혈궁의 영역만이 아니라 숭무련의 영역에서도 있었다. 그런데 피해를 줄일 방법이 있음에도 행하지 않았다는 사실에 그녀의 신경이 곤두선 것이다.

"돈이로군."

대답은 홍원에게서 나왔다.

이미 하오문의 정보를 여러 번 이용한 홍원이다. 정보의 가치에 따라 달라지는 정보료를 생각하면, 태장강 범람에 대한 정보료는 어마어마할 것이다.

홍원의 말에 단리유화는 고개를 갸웃거렸다. 언뜻 이해가 안 간 것이다.

"상공의 말이 맞아요. 일단 마황성은 영역 내에 태장강이 거의 없으니 그들은 상관이 없죠. 결국 숭무련, 사혈궁, 경천회 그리고 황실의 문제인데… 태장강 범람에 대한 정보를 가장 자세히 가지고 있는 곳이 하오문이에요. 궁가방은 그런 쪽으로는 관심이 없죠."

"자신들이 거지이니."

홍원의 말에 곡비연이 살짝 웃었다. 그 말이 맞았기 때문이다.

"결국 하오문에서 정보를 사야 할 텐데… 그 정보료가 그야말로 어마어마하죠. 상인들의 이권이 걸린 정보이다 보니, 아무리 사대세력이라 해도 그 정보료를 모두 받아내거든요."

"아……."

그 말에 단리유화의 입에서 나직한 탄성이 흘렀다. 완전히 이해한 것이다.

숭무련이 아무리 정파를 표방한다고 해도, 단리유화는 그 민낯을 너무나 잘 안다.

그런 이유라면 아마도 숭무련은 그 정보를 사지 않으리라.

'곡 소저는 아무래도 하오문 쪽 인물인 모양이네.'

그리고 이 대화를 통해 단리유화는 어느 정도 곡비연의 정체에 대해 짐작했다.

"뭐, 사혈궁은 올해나 내년은 좀 다를지도 모르겠군. 교하운은 교중학과는 다른 사람이니."

홍원의 나직한 중얼거림에 곡비연이 고개를 살짝 끄덕였다.

[그렇잖아도 보름쯤 전에 하후필이란 자가 그 정보를 샀다고 하더군요.]

단리유화에게 자신의 정체를 밝히기 싫었던 곡비연은 홍원에게만 전음으로 그 사실을 전했다.

정신없이 바빴기에 잔뜩 짜증이 난 채로 채미성을 찾았던 하후필이다. 그렇게 그가 바빴던 이유가 그것이었다.

교하운은 정보를 사는 것만이 아니라, 그 정보를 토대로 범람에 대한 대비까지 모두 하후필에게 일임했던 것이다.

물론 하후필과 마주치지 않은 홍원은 그런 사실을 전혀 몰랐다.

세찬 비와 함께 거칠어진 물살을 헤치며 배는 한탄 마을과 가장 가까운 포구에 닿았다.

세 사람은 배에서 내렸다. 배를 갈아타기 위함이다.

한탄 마을은 태장강의 지류 중 하나인 한탄천에 위치한 마을이었다. 그래서 마을 이름도 한탄이다.

배를 갈아타기 위해 포구로 향하니 우의를 입은 한 무리의 사람들이 포구 앞에 있었다.

"강이 거칠어 배가 뜨지 못한다고 합니다."

사내의 굵은 목소리가 들렸다.

"그래요? 어쩔 수 없지요. 계속 육로로 이동하지요. 이 시기는 아직 비가 내릴 때가 아닌데, 올해는 뭔가 이상하네요."

그들을 지나치려던 홍원의 걸음이 멈췄다. 익숙한 여인의 목소리였기 때문이다.

비를 피하기 위해 쓴 죽립을 살짝 들어 올리고 그곳을 보았다. 사실 기감을 펼쳐 그 기운을 느끼는 것이 가장 쉬운 일이었으나 홍원은 미처 그 사실을 떠올리지 못했다.

조용하고 평화로운 여정이었기에 홍원은 기감을 거의 갈무리하고 있는 상태였다.

마침 그때 그 여인이 홍원 쪽으로 고개를 돌렸다. 자신의 일행 옆을 지나치는 세 사람의 모습이 시선을 끌었기 때문이다.

"어?"

그녀의 목소리가 흘러나왔다. 금방 그녀도 죽립을 들어 올렸다.

그리고 반갑게 외쳤다.

"장 공자!!"

그 목소리에 답은 단리유화가 했다.

"모용 동생!"

그렇게 홍원은 모용연과 만났다.

이 만남에 위기감을 느낀 것은 역시나 곡비연이었다. 단리 유화가 모용 동생이라 부른 이의 정체를 금세 알아차렸기 때문이다.

'여기에 모용연까지?'

第三章
범람

　모용연은 홍원과 단리유화를 굉장히 반가워했다. 예상치 못한 곳에서 만났기 때문일까. 그 반가움이 더했다.

　"언니, 이 먼 곳까지는 어쩐 일로 오신 거예요? 숭무련을 떠나셨다는 소식은 들었는데."

　모용연의 물음에 단리유화는 씁쓸한 웃음을 머금었다.

　"고향이야."

　짧은 대답이지만 많은 의미와 감정을 담고 있었다.

　"아……."

　모용연은 그 이상 말하지 않았다. 대신 시선을 홍원에게로 돌렸다.

　"장 공자께서는 어떻게 단리 언니랑 같이 움직이시네요."

역시나 많은 의미를 담고 있는 말이었다.

"배에서 우연히 만났소. 나 역시 한탄 마을로 가는 길인지라."

"공자께서는 어쩐 일로……."

"모용 소저야말로 어쩐 일로 이곳까지 오셨소? 회의 일이 아직은 많이 바쁠 텐데?"

홍원이 모용연의 물음을 자르고 들어갔다.

"아, 해마다 곧 있을 태장강의 범람을 대비하니까요. 올해는 제가 그 일을 맡았어요. 제일 먼저 한탄 마을에 온 것인데… 벌써 이렇게 비가 올 줄은 몰랐네요. 평소보다 한 달 이상 빨라요."

홍원의 물음에 답하며 모용연은 고개를 갸웃거렸다.

지금도 세차게 내리는 비는 분명 평소랑 달랐다.

"제가 알기로도 십오 년 내에 가장 빨라요. 작년까지 자료로 가장 빨랐던 때보다 이십 일 이상 빠르니까요."

곡비연이 첨언했다. 그녀의 말에 모용연의 시선이 그녀에게로 향했다.

"이분은?"

"아, 채미성부터 상공과 동행하게 된 곡비연이라고 해요."

곡비연이 모용연에게 살짝 허리를 숙여 인사를 했다.

그보다 모용연의 귀에 꽂히는 말이 있었다.

"상공??"

거슬리는 그 말을 모용연은 자기도 모르게 내뱉었다.

보통의 남녀 사이에 사용하는 말이 아니었다. 어느 정도 이상의 진정이 있는 남녀 사이에서 여인이 남자를 호칭하는 말이지 않던가.

모용연의 시선은 곡비연이 아닌 홍원에게로 향했다. 무언의 추궁이었다.

"처음 봤을 때부터 저리 부르는군요."

홍원이 어깨를 으쓱하며 말했다.

"상공도 참, 호호호. 언젠가는 저를 연매라 부르게 되실 거예요."

곡비연의 노골적인 추파다.

그녀의 말에 모용연과 단리유화는 동시에 얼굴을 찡그렸다.

그러던 찰나 모용연은 한 사람을 떠올렸다. 상공이라는 말에 신경 쓰느라 이제야 알아차린 것이다.

면사를 했으나 가릴 수 없는 아름다움과 곡비연이라는 이름.

경천회가 가진 정보 중 그와 일치하는 사람에 대한 내용이 있었다.

"제가 알기로는 하오문의 채미성 지부, 곡 부지부장께서 아무 남자에게나 그러지는 않을 걸로 알고 있는데요."

모용연의 말에 곡비연은 흠칫했다.

"역시나 경천회네요. 저에 대해 알고 계시다니요."

"차기 하오문주로 오르내리는 분의 따님이신걸요."

모용연이 생긋 웃으며 말하자 곡비연이 고개를 절레절레 흔들었다.

최대한 자신에 대한 정보를 감추려 했지만 역시 사대세력은 만만치 않았다. 하오문의 요직과 관련된 사람에 대한 정보는 어떻게든 가지고 있었다.

그들이 하오문처럼 모든 정보를 취급하지 않는 것은 어디까지나 비효율적이기 때문이었다.

하오문과 궁가방이라는 두 집단이 있는 이상 그들을 이용하면 되는 것이다. 그들로부터 얻지 못할 정보를 직접 구할 뿐.

모용연과 곡비연 사이에 묘한 불꽃이 튀었다.

단리유화의 눈에는 그것이 보였다. 그리고 고민했다. 자신도 저 불꽃에 참전을 해야 하는지 말아야 하는지.

오직 홍원만이 그런 분위기를 전혀 모를 뿐이다.

"여기서 이럴 것이 아니라 일단 한탄 마을로 가는 게 어떨까요?"

그럼에도 두 사람의 신경전을 정리한 것은 단리유화였다.

그렇게 홍원에게 일행이 늘었다.

그 늘어난 일행들이 모두 아름다운 여인이라는 점이 특이할 뿐.

그렇게 네 사람과 경천회의 무사들은 굵은 빗줄기를 뚫고 한탄 마을을 향해 걸어갔다.

한탄천을 따라 묵묵히 걸음을 옮겼다. 이미 천의 물은 많이 불어서 거세게 몰아치고 있었다. 빗줄기는 여전히 굵었다.

오히려 점점 더 굵어지는 것만 같았다.

더 이상 굵어질 수 없을 것 같은데, 앞이 제대로 안 보일 정도로 쏟아져 내렸다.

세찬 바람도 몰아쳤다.

"이런 날씨는 처음이네요."

곡비연이 흩날리는 면사 아래로 중얼거렸다.

그랬다.

홍원도 이런 괴랄한 날씨는 처음이었다. 십수 년을 천하를 떠돌아다녔으나 이런 경험은 없었다.

모용연의 얼굴이 딱딱하게 굳었다.

어제부터 내린 비라 들었는데, 이 정도라면 한탄 마을은 벌써 큰 피해를 입었을 것만 같았다.

마음이 급했으나, 세찬 비로 인해 속도는 느렸다.

그렇게 하루를 꼬박 걸어 밤늦게야 한탄 마을에 도착할 수 있었다.

비 때문이었다. 평소보다 두 배 이상 시간이 걸렸다.

모용연의 안내로 홍원과 두 사람은 숙소에 방을 얻을 수 있었다. 매년 찾아오는 길이었기에 경천회의 숙소가 있었다.

"후우."

비를 털어내고 저마다 한숨을 내쉬었다.

그러고는 각자의 방에서 깊은 잠에 빠져들었다. 하루 온종일 빗속을 걸었으니, 체력 소모가 극심했다.

아무리 내공을 가진 무인이라 하나, 정신적인 피로도 또한 보통이 아니었다.

날이 밝았음에도 알 수가 없었다.

시커먼 구름이 하늘을 뒤덮고 여전히 비를 쏟아내고 있었기 때문이다.

촌장이 찾아왔다. 지난밤 늦게 경천회의 무인들이 도착했다는 소식을 들은 것이다.

"어서 오십시오, 무사님들. 제가 정신이 없어 이제야 인사를 드립니다. 마을의 촌장인 길모라고 합니다."

촌장은 최대한 허리를 숙이며 공손한 모습을 보였다. 모용연이 그런 길 촌장의 손을 잡아 일으켰다.

"이러실 필요 없어요, 촌장님. 전 경천회에서 온 모용연이라 해요."

모용연의 말에 촌장이 흠칫 떨었다. 경천회의 영역에서 살아가는 이들이 모를 수 없는 이름이었기 때문이다.

"어찌 존귀하신 아가씨께서 이런 누추한 곳까지……."

촌장의 두 눈은 감동으로 물들어 있었다. 설마 이런 작은 마을에 회주의 딸이 찾아올 것이라고는 상상도 못 한 듯했다.

"누추하다니요. 모두 사람이 사는 곳인데요. 그보다 비가 너무 많이 오는데 마을은 괜찮은가요? 평년보다 너무 이르네요."

"그렇잖아도 걱정입니다. 많이 와도 너무 많이 와서요. 마을 남자들은 지금 둑을 보강하느라 정신이 없습니다."

한탄천의 곁에 있는 한탄 마을이지만, 한탄천을 조금 더 거슬러 올라가면 제법 큰 호수가 있었다.

와사호(臥蛇湖)라는 이름의 호수였다. 천 년 전에 큰 뱀이 호수 바닥에 웅크리고 있는 것을 어부가 보고 놀랐다는 데서 유래한 이름이었다.

한탄 마을은 와사호와 한탄천 쪽으로 높은 둑을 쌓아놓았다. 예전에는 없던 것이다. 지속되는 천의 범람에 경천회에서 쌓아준 것이었다.

그 이후의 관리는 마을에서 하고 있었으나, 이번 비는 심상치가 않아서 마을의 모든 남자가 달려들었다.

태장강의 범람기가 되면 강물이 너무나 많이 불어난다. 그러면 태장강으로 흘러들던 지류의 물이 빠질 곳이 없어서 연달아 범람해 버리는 것이다.

한탄천과 와사호의 둑은 그런 범람을 막기 위한 것이었다.

한탄 마을은 태장강과 한탄천 두 곳의 범람으로 피해를 보는 곳이었다.

"저런, 큰일이네요. 저희도 돕도록 하겠습니다."

모용연의 고갯짓에 무사들이 빠르게 채비를 하고 밖으로 나갔다. 이미 둑의 위치는 알고 있었다.

모용연도 나갈 채비를 했다. 아무래도 여인이다 보니, 빗속에서 움직이려면 준비를 할 것이 많았다.

"촌장님, 혹시 제루원(霽淚院)이라고 아십니까?"

홍원이 나가려는 촌장에게 물었다. 한탄 마을에서 찾아야 할 곳이었다. 그곳 또한 고아들을 돌보는 곳이었다.

"아, 마을 북쪽의 경계에 있습니다."

홍원에게 답을 준 촌장도 서둘러 나갔다.

방에는 홍원과 단리유화, 곡비연이 남았다.

"상공의 목적지가 그곳인가요? 제루원?"

곡비연의 물음에 홍원이 고개를 끄덕였다.

"어떤 곳이죠?"

단리유화의 물음이다.

"갈 곳 없는 아이들을 돌보는 곳입니다. 제가 인연이 좀 있어서요. 한번 가볼 생각으로 이곳까지 왔지요. 소저께서는 어찌할 생각이십니까?"

"함께 가죠. 고향이라고는 하나, 가족은 없으니까요."

홍원의 물음에 단리유화가 답했다. 그 말에 곡비연이 아쉬운 기색을 내심 감췄다.

단리유화로서는 홍원과 곡비연 단둘이 움직이는 것이 불안했기에 동행을 자처한 것이다.

제루원은 단출했다. 세세원과 비교하면 그 규모가 작았다.

문을 크게 두드렸으나 빗소리에 가렸는지, 안에서 반응이 없었다.

결국 홍원은 내공을 사용해서 외칠 수밖에 없었다. 그제야 문이 열리며 중년의 여인이 얼굴을 내밀었다. 그녀는 흠뻑 젖어 있었다.

"어쩐 일이신지요."

"장죽이라는 사람입니다."

여인의 물음에 홍원이 답했다. 그러자 여인의 두 눈이 세차게 떨렸다.

"지, 진영이라 합니다. 어, 어서 안으로 드시지요. 은인께서 드시기에는 누추한 곳입니다만⋯⋯."

장죽이라는 홍원의 말에 단리유화는 고개를 한 번 갸웃거렸고, 여인의 반응에 두 번 갸웃거렸다.

여인의 뒤를 따라 들어가니, 지붕 곳곳에서 물이 새고 있었다. 여기저기 물그릇으로 받아내고 있었지만, 중과부적이었다.

비가 많이 와도 너무 많이 왔다.

"시설이 많이 노후했군요."

홍원이 위를 올려다보며 말했다.

"부끄럽습니다. 몇 년 전부터 도움을 주신 덕에 아이들을 잘 돌볼 수는 있었습니다만⋯ 저런 곳까지는 신경을 못 썼습니다. 여인의 몸이다 보니 쉽지가 않더군요."

"아닙니다. 진 원주님의 노고를 절로 느낄 수 있습니다. 오히려 제가 요 근래 소식을 끊어 죄송할 따름입니다. 그렇지만 않았어도 이 지경은 아니었을 것 같네요."

물그릇으로 물을 받고, 밖으로 비워내는 아이들의 얼굴은 밝았다. 진영이 얼마나 정성을 다해 아이들을 돌보고 있는지 알 수 있었다.

이곳에는 모두 여덟의 아이들이 있었다.

"일단, 비가 새는 거부터 해결을 해야겠습니다."

홍원은 지붕을 올려다보고 말했다. 창고를 둘러봐도 연장만 조금 있을 뿐, 지붕을 수리할 재료가 없었다.

"잠시 다녀오겠습니다."

그 말을 남기고 홍원은 서둘러 제루원을 나섰다.

단리유화와 곡비연은 그 모습을 바라보았다.

"두 분께서는 이쪽으로 오시지요."

그나마 물이 새지 않는 방이었다.

"누추합니다만, 이곳에서 조금 기다려 주십시오. 차라도 내오겠습니다."

"아니에요. 저도 도울게요. 뭐든 말씀만 해주세요."

그제야 정신을 차린 단리유화가 진영에게 말했다.

"아니에요. 은인과 함께 오신 손님께 어떻게 그러나요."

진영 원주가 손사래를 쳤다. 그러나 단리유화는 강경했다. 단리유화가 그러니 곡비연도 앉아 있을 수만은 없었다.

그렇게 두 사람은 물이 찬 그릇을 비우고, 물이 새는 곳에 새로운 그릇을 놓고, 고인 물을 닦아내고 바쁘게 움직였다.

'몇 년 전부터 도왔다고 했어… 몇 년 전이면 분명 장 공자가 죽림일 때.'

오직 단리유화만이 알고 있는 홍원의 또 다른 정체였다.

'아마도 살수로 번 돈을 이렇게 쓴 것이겠구나.'

단리유화는 이렇게 홍원의 또 다른 면을 알게 되었다. 괜시리 가슴 한쪽이 따뜻해지는 것 같았다.

"단리 소저."

"네?"

그때 곡비연이 단리유화를 불렀다.

"장 상공은 대체 언제, 무슨 돈으로 이렇게 많은 곳들을 도왔을까요?"

홍원이 없었기에 거리낌 없이 물었다. 하오문의 정보로도 알 수 없는 것이었다. 단리유화가 홍원가 단둘이 여행을 했었다는 정보가 있었기에 혹시나 하고 물은 것이다.

"많은 곳이요?"

그러나 오히려 단리유화가 되물었다. 그녀는 이곳 한 곳으로만 생각한 것이다.

"네. 상당히 많은 고아원과 가난한 이들을 후원하시더라구요."

단리유화는 그것이 하오문의 정보임을 알았다. 모용연 덕분에 곡비연의 진정한 정체를 알게 되지 않았던가.

"글쎄요. 저도 모르겠어요. 제가 알게 된 장 공자는 그저 평범한 약초꾼이었으니까요."

하오문도 모르는 것을 알려줄 수야 없었다.

한 곳이 아니라 수많은 곳이라니, 절로 홍원에 대한 존경심이 깊어졌다.

그녀 자신이 고아 출신이라 더욱 그랬다.

"참 신기하단 말이에요. 갑자기 하늘에서 뚝 떨어지듯이 나타나서는……."

두 여인이 자신에 대한 수다를 떨며 물을 닦아내고 있을 무렵, 홍원은 한탄 마을에서 제법 떨어진 작은 숲에 도착했다.

일단 이곳에서 나무를 해가야 했다.

생나무로는 임시방편밖에 안 될 터지만, 당장이 급했다.

세찬 비에 푹 젖은 나무를 흑운과 단하로 잘랐다. 일단 지게부터 만들어야 했다. 어깨끈을 할 만한 게 없어서, 그냥 어깨에 지고 갈 수 있는 모양으로 나무들을 잘라 끼워 맞췄다.

이렇게 비가 심한 날이면 습기를 머금어 나무가 부풀어 오를 터라 끼워 맞춰놓은 곳이 더욱 단단하게 맞물릴 것이다.

간이용 지게를 만든 홍원은 본격적으로 나무를 잘라 다듬어 차곡차곡 쌓았다. 장작용이 아니라 지붕 보수용이었기에 일단 적당량만 만들었다.

너와라고 나무를 얇은 널빤지 형태로 만들어 지붕에 올리는 형태를 했다. 비가 새는 곳을 찾아 막는 것보다 아예 기존의 지붕 위에 너와 지붕을 까는 것이 낫겠다는 생각이 든 탓이다.

제루원 건물의 기둥이 튼튼해야 가능한 일이겠지만, 그것은 돌아가서 확인해야 한다.

"너와 지붕을 또 올리는 일이 있을 줄이야."

홍원이 그리움에 물든 눈으로 중얼거렸다.

사부와 천하를 떠돌다가 심산유곡에 몇 달에서 일 년 정도 자리를 잡을 때면 작은 초옥을 지어놓고 머물렀다. 그때 지붕에 갈대나 짚을 구해 올렸으나, 구하기 힘들 때면 이렇게 너와를 만들어 올리기도 했었다.

너와 지붕이면 초옥이라 부르기 힘들었지만 이름이야 뭐 어떠랴, 사부와 제자가 머물기 편안한 곳이면 그만인 것을. 그런 마음으로 집을 짓고 지냈었다.

너와를 만들고 있으니 그때 생각이 문득 떠올랐다.

홍원은 비에 흠뻑 젖은 채 간이 지게를 지고 제루원으로 돌아왔다.

여전히 비는 억수같이 내리고, 제루원 안으로 쉼 없이 물줄기가 쏟아지고 있었다.

"이제 오시네요."

곡비연이 가장 먼저 홍원을 향해 달려갔다. 비에 흠뻑 젖었으나 개의치 않았다.

"고생하셨어요."

단리유화의 말이었다. 그녀는 내공으로 비를 어느 정도 튕겨내고 있었다. 비에 젖어 온몸의 굴곡이 그대로 드러나는 모습을 보이고 싶지 않았던 것이다.

진영은 그런 그녀의 모습에 놀랐다. 그제야 이들이 보통 사람이 아님을 실감했다.

당장 홍원이 지고 온 저 커다란 지게는 보통 사람은 절대 질 수 없었다. 그리고 이토록 빠른 시간 안에 저렇게 많은 나무를 해오다니.

근처에 나무를 할 만한 곳의 위치를 잘 아는 그녀는 홍원의 그런 모습에 경악했다.

사람들의 반응에는 아랑곳 않고 홍원은 제루원의 기둥을 살폈다. 내공을 흘려 얼마나 무게를 지탱할 수 있을지도 가늠했다.

다행히 굉장히 튼튼하게 지어져 있었다. 너와 지붕을 새로

올리는 것 정도는 문제가 없을 듯했다.

"튼튼하게 지으셨네요. 얼마나 정성을 들인 것인지 알 수 있겠습니다."

홍원의 말에 진영은 어색한 미소를 지었다.

"제가 아무것도 몰라서… 기초 공사에 비용을 너무 많이 썼어요. 그 때문에 보시다시피… 부끄럽습니다."

홍원은 고개를 저었다.

지붕이야 새로 하면 될 일이다. 하지만 기반이 되는 주춧돌과 대들보는 처음 지을 때부터 튼튼해야 한다. 그렇지 않으면 집을 허물고 다시 지어야 했으니.

"아닙니다. 가장 중요한 기초를 튼튼히 하셨으니까요. 지붕이야 추후에 다시 올리면 될 일이지요. 일단 당장은 임시방편으로 덮어야 하지만요. 이 비가 지나간 후 제대로 공사를 해야지요."

그 말을 남기고 홍원은 너와를 가지고 훌쩍 지붕으로 뛰어올랐다. 빗줄기가 심상치 않았기에 무공을 숨기고 자시고 할 여유가 없었다.

홍원은 아래쪽부터 차곡차곡 너와를 깔기 시작했다. 사실 좀 더 정교한 작업이지만, 지금은 이미 있는 지붕 위에 물이 새는 걸 막기 위한 작업이었기에 빠르게 진행했다.

그 모습을 살피던 단리유화가 지붕으로 몸을 날려 홍원을 도왔다.

"칫."

곡비연이 낮게 혀를 찼았다.

비에 흠뻑 젖은 옷이 몸에 찰싹 달라붙어 몸의 굴곡이 그대로 드러나고 있음에도 홍원은 눈길 한번 주지 않고 지붕 수리에 여념이 없었다.

아무 의미가 없었다. 그녀로서도 이런 모습은 부끄러웠다. 오직 홍원 때문에 큰마음을 먹고 감행한 일인데, 소용이 없으니 아쉬울 수밖에 없었다.

그녀도 내공을 일으켜 빗방울을 튕겨냈다. 그리고 서서히 내공으로 옷을 말렸다. 세찬 빗속에서 행한 일이라 내공 소모가 컸으나, 개의치 않았다.

그러고는 홍원이 가지고 온 지게로 다가가 홍원과 단리유화를 향해 너와를 던졌다. 자신이 손 놓고 있어봐야 단리유화만 점수를 따는 것이니, 열심히 도와야 했다.

곡비연이 가세하자 작업의 속도는 굉장히 빨라졌다. 그녀가 던지는 너와를 두 사람이 받아서 착착 깔아가는 과정이 손발이 척척 맞았다.

서로를 보지도 않고 손만 바쁘게 움직이는데, 빠른 속도로 지붕이 너와로 덮여갔다.

지게에 있던 마지막 너와를 홍원이 받아서 제 위치에 놓고 나니, 아직 지붕의 절반이 남아 있었다.

"나무를 더 해와야겠군."

홍원은 다시 지게를 지고 빗속으로 사라졌다.

그 과정을 진영은 멍한 얼굴로 바라보고만 있었다. 무림인이

라는 이들의 신위 아닌 신위를 처음 봤으니 제정신을 차릴 수
가 없었다.

"원주님?"

단리유화가 곁에 다가와서 부를 때에야 화들짝 정신을 차렸
다.

"절반을 저리한 덕분에 비가 새는 게 많이 줄었어도, 아직
할 일이 많아요."

아이들마저 손을 멈추고 있었다. 세 사람이 보여준 신기한
광경에 넋을 놓은 것이다.

단리유화의 말에 그제야 진영이 아이들을 다독이며 다시 움
직이기 시작했다. 단리유화와 곡비연도 도왔음을 물론이다.

잠시 후 홍원이 돌아왔고, 나머지 절반의 지붕도 너와로 덮
었다.

그러니 제루원 안으로 떨어지는 물줄기도 멈췄다.

"후우, 이제야 끝났네요."

곡비연이 깊은 숨을 내쉬며 말했다.

"아직 안을 정리해야지요."

단리유화의 말대로 내부는 여전히 엉망이었다.

그녀가 먼저 내부 바닥을 정리하기 시작했다. 이에 질세라
곡비연도 움직였다.

"이곳이 마을에서 지대가 가장 낮은 곳이지요?"

홍원은 오가며 느낀 것을 진영에게 물었다.

"네. 그래서 마을에 물이 넘치면 이곳으로 흘러와요. 그 때

문에 땅값이 아주 쌌어요. 예전에는 사람이 도저히 못 살 땅이 었는데, 그래도 경천회에서 여러모로 신경을 써준 이후로는 괜찮아졌지요."

"흐음."

진영의 말을 들은 홍원의 얼굴에 고민이 가득했다.

지금 하늘을 봐서는 쉽게 그칠 비가 아니었다. 모용연과 함께 있을 때 찾아온 촌장의 말로는 둑이 위태위태하다고 했다.

불길했다.

일단 둑으로 가봐야 할 것 같았으나, 이곳에서도 취할 수 있는 조치는 모두 취해야 했다.

"단리 소저, 잠시 부탁드릴 것이 있습니다."

홍원의 말에 그녀가 다가왔다. 그리고 곡비연도 냉큼 홍원을 향해 왔다. 이럴 것을 예상했기에 홍원은 단리유화만 부른 것이다.

"무슨 일이죠?"

"이곳이 마을에서 지대가 가장 낮은 곳이라고 하는군요."

"아!"

홍원의 말에 곡비연이 탄성을 터뜨렸다.

"배수로와 제방이 필요하겠네요."

굳이 말하지 않아도 곡비연은 무엇이 필요한지 알고 있었다.

"그걸로 얼마나 대비가 될지는 모르지만……."

"음… 그러면 지붕 위로 대피할 수 있게 준비할까요? 그래도 조금이라도 높은 곳으로 가야 하니까요."

"괜찮은 생각이군. 제일 좋은 방법은 이곳을 떠나서 높은 곳으로 대피하는 건데… 이런 날씨에는…….."

홍원은 아이들을 보고 하늘을 올려다보았다.

이런 날씨에 세찬 비를 뚫고 이동을 한다는 것은 아이들에게는 너무나 힘든 일이다. 결국 이곳에서 어떻게든 버텨야 했다.

"부탁 좀 하지. 난 일단 마을의 둑이 있는 곳으로 가봐야겠어."

"맡겨두세요."

홍원의 말에 곡비연이 자신 있는 얼굴로 말했다. 단리유화도 결연한 얼굴로 고개를 끄덕였다.

홍원은 기감을 펼쳐 모용연의 위치를 찾았다. 그녀는 아마도 둑에 있을 것이기에, 그곳으로 향했다.

떠나는 홍원의 모습을 보며 단리유화는 자신이 너무 무능하다는 생각을 했다.

숭무련에서도 늘 무력부대와 관련된 일만 하여 이런 상황에서는 아는 것이 아무것도 없다는 사실이 안타까웠다. 결국 단리유화는 곡비연과 함께 그녀의 말대로 움직였다.

가장 먼저 한 일은 제루원을 빙 둘러 배수로를 파는 것이었다.

반 장 정도의 깊이에 일 장 정도의 폭이었다.

보통 사람이라면 엄두도 안 날 일이었으나 단리유화가 내공을 끌어 올려 전력을 다하자 순식간에 진행이 되었다.

그렇게 파낸 흙은 곡비연이 제루원 담장을 보강하는 데 사용했다. 자루를 있는 대로 구해와 흙을 담아 쌓아올리기도 했다.

모두가 정신없이 바빴다. 빗줄기는 여전히 굵었다.

홍원이 도착해서 보니 여기도 다들 정신이 없었다.

나무로 둑에 지지대를 설치하고 흙주머니와 돌로 둑을 높이고 두텁게 보강했다.

경천회 무사들의 움직임이 가장 눈에 띄었다.

모용연 역시 정신없이 움직이고 있었다. 홍원도 그들의 움직임에 함께했다. 일견해도 물이 불어나는 것이 심상치가 않았다.

'하필이면 내가 올 때에 이런 일이 벌어지다니… 다행이라 해야 할까 불행이라 해야 할까.'

다들 정신이 없었기에 홍원이 한 손 거들고 있는 것도 눈치채지 못했다. 그 정도로 위태로웠다.

"아, 장 공자님!"

홍원을 가장 먼저 발견한 이는 역시 모용연이었다.

"이곳 상황이 위태로운 것 같아서요."

홍원의 말에 모용연이 고개를 끄덕였다.

"네. 감당이 안 돼요. 저희가 처음 왔을 때보다 물이 더 늘었어요. 둑을 보강하는 속도보다 물이 늘어나는 속도가 빨라요."

그녀의 말대로였다. 지금도 꾸준히 물이 늘어나고 있었다.

한탄천도, 와사호도.

모용연의 안색이 어두웠다. 악에 차 움직이고 있는 마을 남자들의 얼굴도 어두웠다.

촌장의 얼굴에는 절망의 기운이 드리워 있었다.

"무, 물이 샌다!!!"

그때 누군가가 큰 소리로 외쳤다. 사람들의 시선이 모두 그곳으로 향했다.

둑의 가장 취약한 부분인지 보강을 해놓은 흙주머니 사이로 물이 흘러나오기 시작했다.

홍원이 촌장에게 다가갔다.

"이곳에서 가장 높은 곳이 어딥니까?"

"마, 마을 동쪽으로 가면 작은 둔덕이 있습니다."

홍원의 기세에 촌장이 더듬거리며 말했다.

"일단 사람들을 모두 그쪽으로 대피시켜야 하겠습니다. 거리가 너무 멀면, 일단 마을에서 최대한 높은 곳으로 피신시켜야 합니다."

홍원의 말에 촌장은 안절부절못했다.

"장 공자?"

홍원의 말에 모용연이 그를 불렀다.

"물이 새기 시작했다면… 아마도 둑이 얼마 더 버티지 못할 겁니다. 그 전에 빨리 대피를 하는 것이 좋겠군요."

"그런……"

"장 공자님의 말씀이 맞습니다, 아가씨. 더 이상은 힘들 것 같습니다······."

어느새 다가온 무사 중 한 명이 홍원의 의견에 힘을 보탰다.

"일단 무인들은 이곳에서 최대한 조금이라도 더 보강 작업을 하고, 마을분들은 어서 사람들을 대피시키십시오."

만약의 사태가 벌어지더라도, 경천회의 무인들이라면 능히 제 한 몸을 지킬 수 있다는 판단에서 한 말이었다.

보강 작업을 멈추면 그 즉시 둑이 넘쳐 버릴 것만 같았기에, 사람들이 대피하는 동안에도 작업은 계속해야 했다.

'제루원은 괜찮을지 모르겠군.'

이런 상황이면 곡비연과 단리유화 두 사람이 준비하는 걸로는 어림도 없을 것 같았다.

사람들이 홍원의 말대로 바삐 움직이려던 찰나, 다시 한 번 큰 외침이 터졌다. 절박하디 절박한 외침이었다.

"터··· 터진다!!!"

그 소리가 끝나기도 전에 커다란 소리와 함께 물이 둑을 넘어 세차게 들이치기 시작했다.

홍원이 재빨리 그곳으로 몸을 날렸다.

생각보다 반응이 먼저였다. 강기를 일으켜 막 터져 나간 부분을 막았다.

세차게 흘러넘치던 물이 곧 잠잠해졌다.

"오, 오오!"

사람들이 그 모습에 놀라서 환성을 질렀다.

"시간이 얼마 없습니다. 어서 사람들을 대피시키십시오!"

홍원의 외침에 정신을 차린 마을 남자들은 서둘러 마을로 향했다.

그사이에 최초로 터진 부근부터 점점 더 균열이 퍼져갔다.

우르릉!

그때 하늘에서 번개가 번쩍이며 천둥소리가 요란하게 울렸다.

그와 동시에 둑이 다시 더 크게 터졌다.

홍원의 강기막은 더 넓은 부분을 덮었다. 물은 약해진 부분을 집요하게 두드렸다.

점점 더 단전에서 끌어 올리는 내공의 양이 늘어났다.

모용연과 경천회의 무사들은 경악에 찬 얼굴로 그 모습을 바라보고 있었다.

막 지붕에 오른 단리유화의 눈에도 그 모습이 보였다. 먼 거리였지만 내공을 집중한 그녀의 안력으로 작게나마 보였다.

"둑의 일부가 터진 것 같아요."

단리유화는 자신이 본 장면을 그대로 곡비연에게 전했다.

"그럴 수가! 벌써!!"

곡비연이 입술을 깨물었다. 어떤 선택을 내려야 할까 고민이었다.

홍원이 막아준다지만 붕괴가 지속되면 인간이 막을 수 있는 것이 아니었다. 그래서 재해가 아닌가.

아무리 홍원이라도 불가능한 것은 불가능한 것이다.

높은 곳을 찾아 떠날 것인가. 지붕 위에서 버틸 것인가.

결정해야 했다. 중요한 것은 아이들의 체력이었다. 어느 쪽을 택하든 아이들에게는 힘든 일이었다.

"사람들이 동쪽으로 대피를 하고 있어요."

단리유화는 지붕 위에서 자신이 보는 것을 지속적으로 곡비연에게 전해주었다. 그녀는 내심 인정하고 있었던 것이다. 이런 상황에서의 판단은 자신보다 곡비연이 낫다고 말이다.

곡비연도 지붕 위로 훌쩍 뛰어올랐다. 과연 단리유화의 말대로 마을 사람들이 서둘러 동쪽으로 달리고 있었다. 동쪽은 낮은 구릉이 있어 지대가 높은 편이었다.

그러나 그곳까지 거리가 너무 멀었다.

'믿어보자.'

과연 인간이 재해를 이길 수 있을까? 절로 고개가 저어지는 물음이었지만, 곡비연은 홍원에게 근거를 알 수 없는 믿음이 생겼다.

"지붕 위로 피할 거예요."

곡비연의 말에 단리유화는 고개를 끄덕이고는 아래로 내려가 아이들을 하나둘 지붕 위로 올렸다. 곡비연은 제루원 내의 집기를 이용해 지붕 위에서 비를 막아줄 만한 지붕을 다시 만들었다.

진영과 아이들은 그녀들의 그런 움직임에 얼이 빠진 채였다. 그들이 언제 이런 무림인의 신위를 봤을까. 그저 어버버할 뿐이다.

그 와중에도 둑의 균열은 점점 더 심해져 갔다.

강기막을 펼쳐 물이 넘치는 것을 막고 있는 홍원은 그 과정을 여실히 느낄 수 있었다.

기감을 펼쳐 사람들의 이동 경로를 살피니 어떻게든 마을 밖으로 다들 나가고 있는 것이 느껴졌다.

다만 제루원의 사람들은 지붕 위로 올라가 있었다.

자신이 한 말 때문이리라.

홍원은 기감을 최대한으로 넓게 펼쳐 마을 전체를 살폈다. 아니, 마을 너머까지 모두 살폈다.

머릿속에 무수한 생각이 떠올랐다.

'할 수 있을까?'

중요한 것은 자신의 생각을 과연 실행할 수 있는가였다.

'해야지.'

자신의 등 뒤에 있는 사람들을 생각하니, 결국은 해야만 했다.

"모두 내 뒤로 모이세요!"

홍원이 크게 소리쳤다. 그 말에 넋을 잃고 홍원의 신위를 바라보던 모용연과 경천회의 무사들이 홍원의 뒤로 자리했다.

홍원은 머릿속으로 물이 넘쳐흐를 경로를 그렸다.

언제까지 이렇게 막고 있을 수 없었다. 그러기에는 자연의 힘은 너무나 거대했다.

결국은 물을 흘려내야 했다.

둑이 무너지는 것은 정해진 수순이다. 다만, 홍원은 그런 과정에서 물의 흐름을 자신이 의도적으로 조정하려 했다.

홍원의 허리에 있던 흑운과 단하가 스르르 공중으로 떠올랐다. 강기벽을 펼치는 와중에 이기어검의 묘까지 함께 사용하는 것이다.

모용연은 입을 딱 벌렸다.

전설 속에나 전해지는 경지인 이기어검을 저리도 쉽게 펼치다니. 이미 강기벽으로 둑의 붕괴를 막는 것만 해도 놀라운 지경인데, 이기어검까지 함께 펼치고 있었다.

흑운과 단하가 서서히 강기로 휩싸였다.

"가라."

홍원의 나직한 말과 함께 강기를 입은 검과 도는 둑을 향해 날아갔다.

넘치는 물에 의해 둑이 무너지는 것보다는 홍원 자신이 물의 흐름을 제어하기 쉬운 부분을 먼저 무너뜨리려 하는 것이었다.

쾅! 콰콰쾅!

요란한 폭음과 함께 둑의 한 부분에 커다란 구멍이 뚫렸다.

쏴아아아아아!

그리고 거친 물살이 그곳에서 미친 듯이 휘몰아쳤다.

홍원과 경천회의 무인들을 향해 짓쳐 드는 세찬 물살.

한탄천은 범람했다.

홍원이 의도한 부분에, 의도한 방향이었지만.

물살이 노도와 같이 몰려들면서 그 부분의 둑이 무너져 내리기 시작했다.

이제 더 이상 강기벽으로 막을 수 있는 수준이 아니었다.

모용연은 의문이 가득한 시선으로 홍원의 등을 바라보았다. 애써 막고 있던 둑을 일부러 무너뜨리다니.

묻고 싶은 것이 많았지만 참았다.

지금 홍원은 모든 신경을 한곳에 집중하고 있음을 알았기 때문이다.

모용연은 지금까지 저토록 광폭한 것을 본 적이 없었다.

앞을 막는 모든 것을 집어삼키겠다는 양, 몰려오는 거대한 물살.

이제 곧 자신들을 덮칠 것만 같았다.

누런빛의 흙탕으로 변해 모든 것을 쓸어버릴 것만 같은 흉흉한 모습이었다.

그 순간 홍원이 오른손을 앞으로 쭉 뻗었다.

그 손끝에서 곧장 뻗어 나가는 한 줄기 새하얀 강기.

그것은 그대로 흙탕물을 꿰뚫더니 거대한 벽이 되어 뒷부분이 벌어졌다.

마치 쐐기와 같이 물의 한가운데 자리했고, 거친 물살은 홍원의 강기를 이기지 못하고 두 줄기로 나뉘어졌다.

쐐기의 뒷부분이 점차 넓어져 마을의 상당 부분을 감쌌다 싶은 순간 강기는 높고 길어졌다.

그렇게 강기만으로 거대한 쐐기벽을 만든 홍원이었다.

범람한 물은 쉬지 않고 흘러왔고, 강기벽에 막혀 두 갈래로 갈라져 흘렀다.

홍원은 그렇게 물길을 조절했다.

하지만 한탄천과 와사호의 수량은 엄청났다.

홍원의 내공을 전부 쏟아붓고 버티고 있음에도 범람이 언제 끝날지 알 수가 없었다.

천선심법의 공능으로 지속적으로 사용한 내공을 보충하고 있으나, 소모량이 더 많았다.

자연이란 그런 것이었다.

일개 인간의 힘으로 감히 항거할 수 없는 거대한 힘이었다.

그럼에도 홍원은 전력을 다해 버텼다. 여기서 자신이 무너지면 자신 뒤의 사람은 모두 죽는다.

그 책임감이 홍원의 등을 떠받치고 있었다.

잠깐 보았던 얼굴들이지만, 제루원의 아이들의 얼굴이 생생히 떠올랐다.

이런 규모의 범람이라면, 제루원은 순식간에 쓸려갈 것만 같았다. 홍원은 최대한 버텨야 했다.

그래야만 등 뒤의 사람들을 지킬 수 있다.

입술을 꽉 깨물었다. 피가 흘러내렸다. 단전이 끓어올랐고, 내부가 진탕되었다.

핏물이 식도를 타고 올라오는 느낌마저 들었으나, 꿀꺽 삼켰다.

그리고 더 이상 끌어올 내공이 없는 단전을 쥐어짰다.

천선심법을 최대한으로 운용했고, 단전은 한계에 이를 만큼의 내공을 뽑아내고 있었다.

점차 홍원의 얼굴이 하얗게 질려가고 있었다.

모용연은 그 모습을 하나도 빼놓지 않고 지켜보고 있었다.

"장 공자!"

더 이상 지켜만 볼 수 없었던 그녀는 홍원의 등에 장심을 대고 자신의 내공을 모두 홍원에게 전했다.

서로 다른 심법을 익힌 이가 이런 식으로 내공을 전하는 것은 무척 조심스러운 일이었다. 사전에 서로 간에 조율이 되고 천천히 조심스레 전해야지, 이런 식이면 두 사람 모두 큰 내상을 입을지도 모를 위험천만한 일이었다.

그러나 너무도 위급해 보이는 홍원의 얼굴이 모용연으로 하여금 정상적인 사고를 할 수 없게 만들었다.

그 대상자가 홍원이라는 것이 천운이었다.

천선심법의 공능은 바다와 같이 넓어 그런 모용연의 내공을 아무런 부담 없이 자연스레 받아들였다.

홍원의 단전 크기에 비하면 모용연의 모든 내공은 그야말로 커다란 우물의 한 바가지 물 정도밖에 안 되는 작은 양이었다.

하지만 그 내공은 홍원의 단전에서 마중물로 작용했다.

잠시지만 모용연의 내공이 벌어준 시간에 홍원은 다시 한 번 주변으로부터 막대한 기운을 끌어들일 수 있었다.

그 덕에 홍원의 얼굴에 다시금 혈색이 잠시 돌아왔다.

하지만 그조차 고식지계에 지나지 않았다.

넘쳐흐르는 저 어마어마한 양의 물과 홍원의 내공.

어느 쪽이 빨리 바닥나느냐하는 건곤일척의 승부였다. 홍원은 지금 자연을 향해 내공으로 싸움을 걸고 있었다.

자신의 뒤에 있는 무수한 생명을 위해 계란으로 바위를 치고 있었다.

여전히 내리는 굵은 빗줄기와 상류에서 끊임없이 내려오는 강물.

어마어마한 양의 물이 둑으로 넘쳐 평원을 쓸어가고 있었다.

홍원의 강기벽 덕에 마을 안은 평화로웠다.

그의 입가로 굵은 핏줄기가 흘러내리기 시작했다. 모용연의 도움으로 모았던 내공이 다시 바닥난 것이다.

그때, 경천회의 무사들이 홍원의 등에 장심을 대고 내공을 전했다.

그렇게 한 명, 한 명 모든 무사가 내공을 전하고 탈진하여 주저앉았다.

홍원은 다시금 더 버틸 힘을 얻었다.

얼마나 시간이 흘렀을까?

멈추지 않을 것만 같은 범람의 물줄기가 점차 잦아들기 시작했다.

"오!"

"오오!"

그 모습에 경천회의 무사들이 환성을 질렀다.

홍원의 입가에도 가는 미소가 떠올랐다.

더 이상의 물이 범람하지 않는 순간, 홍원이 만들어낸 쐐기 형태의 강기벽도 사라졌다.

풀썩.

그리고 홍원도 정신을 잃고 쓰러졌다.

"장 공자!"

모용연이 깜짝 놀라 홍원에게 다가갔으나, 그녀가 할 수 있는 일은 없었다. 이미 그녀도 모든 내공을 소모하지 않았던가.

모용연도, 경천회의 무사들도 아무런 조치를 취하지 못한 채 발만 동동 구르고 있었다.

"장 공자!!!!"

그때 멀리서 단리유화의 목소리가 들렸다.

그녀는 제루원의 지붕에서 이 모든 것을 지켜보고 있었다. 당장에라도 달려가 홍원에게 자신이 가진 내공을 모두 전하고 싶었지만 그럴 수가 없었다.

제루원의 아이들 때문이었다.

만약의 사태를 대비해 아이들을 지키고 있었다. 모든 범람이 끝나는 순간, 홍원이 쓰러지는 것을 보고 전력을 다해 이곳으로 달려왔다.

순식간에 도착해 홍원에게 다가간 단리유화가 그의 맥문을 쥐었다.

"이런 지경에까지……."

그녀의 얼굴이 참담하게 일그러졌다.

"단리 언니, 대체 어떤 상태예요?"

단리유화의 표정을 본 모용연이 걱정스러운 얼굴로 물었다.

"내부 기혈이 모두 뒤틀렸어… 단전도 제 형태가 아니야……."

허망한 목소리였다.

"그럴 수가……."

단리유화의 말에 모용연은 풀썩 주저앉았다.

무인에게는 사형선고나 다름없는 말이었다. 천하제일인인 홍원이 이렇게 허망하게 무공을 잃게 되다니.

우르릉, 쾅!

그 순간 번개가 내리쳤다.

빗줄기가 조금 가늘어진 듯했으나 여전히 쉬지 않고 내리고 있었다.

세찬 바람과 번개까지 내리치기 시작했다.

"이, 일단 장 공자를 옮겨야겠어."

단리유화의 말에 모용연이 고개를 끄덕였다. 단리유화는 홍원을 들쳐 업고 제루원으로 향했다.

경천회의 숙소 건물은 물에 휩쓸려 사라진 지 오래였다. 홍원이 펼친 강기벽의 범위 밖에 있었던 탓이다.

그렇게 제루원을 향해 무거운 발걸음을 옮겼다.

"상공!!"

지붕에서 제루원 식솔들을 바닥으로 모두 내려준 후 곡비연이 달려왔다. 그녀의 얼굴에도 수심이 가득했다.

곡비연의 시선은 단리유화를 향했고, 그녀는 고개를 저었다.

"서, 설마……."

황급히 단리유화의 곁으로 다가간 곡비연이 홍원의 맥문을 쥐었다.

결과는 같았다.

그녀 역시 절망이 가득한 얼굴을 했다. 그러나 이내 고개를
저었다.

"아니에요. 상공이 보통 분인가요. 분명 괜찮아지실 거예요."

곡비연은 애써 그렇게 말했다.

하오문에서 모은 홍원에 대한 정보대로라면, 그는 보통의 무
인과는 차원을 달리하는 절대자였다.

분명 보통 사람이라면 무공을 잃을 이런 내상도 치유할 방법
이 있으리라.

그렇게 믿었다.

第四章

와사호

(臥蛇湖)

　홍원이 정신을 차린 것은 이틀 후였다. 그동안 죽은 듯이 누워 있었다.

　그사이 여전히 굵은 비는 계속해서 내리고 있었다. 단지 범람 때 물이 쓸고 지나간 자리가 물길이 되어 그곳으로 물이 계속 흘러갔기에, 마을에는 아무런 일도 없었다.

　홍원의 눈이 파르르 떨리며 떠졌을 때, 동시에 세 여인들의 외침이 터져 나왔다.

　"장 공자!"

　"상공!"

　"장 공자님!"

　걱정 가득한 눈으로 침상의 홍원을 지켜보던 세 여인, 단리유화, 곡비연, 모용연이었다.

"마을은 어찌 되었습니까?"

홍원의 마지막 기억은 결국 범람이 끝나는 순간이었다. 하지만 그것이 현실인지 환상인지 구분이 가지 않아 물은 것이다.

"장 공자 덕에 무사해요. 일부 망가진 곳도 있지만 그래도 팔 할은 무사하니까요."

단리유화의 말에 고개를 끄덕인 홍원이 몸을 일으키려다가 얼굴을 찡그렸다. 온몸을 울리는 격통 때문이다.

살업을 그만둔 후 이런 통증은 참으로 오랜만이었다. 읍성으로 귀향한 후, 이렇게까지 몸이 망가진 것은 처음이었다.

"상공, 아직 몸이 정상이 아니에요. 계속 누워 계세요."

곡비연이 황급히 홍원에게 달려가 부축을 했지만 홍원은 고개를 가로저었다.

"확인할 게 좀 있어서."

그렇게 홍원은 억지로 몸을 일으켰다. 침상에서 몸을 일으킨 홍원이 가장 먼저 한 행동은 가부좌를 틀고 앉는 것이었다.

그 행동의 의미를 너무나 잘 알기에 세 여인의 안색은 더없이 어두워졌다. 그러고는 조용히 방을 나갔다.

가만히 내부를 관조한 홍원은 고소를 머금었다. 조금 전 세 여인의 표정의 의미를 알게 되었기 때문이다.

'엉망진창이군.'

그 말은 오히려 홍원의 상태를 충분히 설명하지 못했다. 엉망진창이라는 말도 굉장히 좋게 말한 것이다.

'보통 무인이었다면 이대로 무공을 잃었겠어.'

그야말로 단전이고 혈맥이고 성한 곳이 없었다. 모든 혈맥이 상처로 찢어지고 얽혀서 꽉 막혀 있었고, 단전은 거의 산산조각이 난 것과 같은 상태였다.

그야말로 절망적인 상황이다.

단전이 산산조각 났으니 단 한 줌의 내공도 모을 수가 없었고, 그러니 혈맥도 고칠 수가 없었다.

이제는 그냥 보통 사람이 되어버린 것이다.

홍원은 두 눈을 떴다.

"후우."

그리고 깊은 한숨을 내쉬었다. 그런 홍원의 두 눈이 빛났다.

마지막 순간은 그야말로 이런 상태가 되도록 전력을 다한 것이기에, 그 당시 느꼈던 것들이 정말로 느낀 것인지, 환상인지 긴가민가했다.

하지만 이제 확실해졌다.

모든 것이 현실이었다.

"서둘러야겠어."

홍원은 담담히 중얼거리고는 다시 눈을 감았다. 도무지 무공을 잃은 무인의 모습이 아니었다.

방 밖에서 귀를 쫑긋 세우고 방 안의 동향에 모든 신경을 집중한 세 여인은 고개를 갸웃거렸다.

홍원의 상태가 너무나 평온했기 때문이다.

현재 홍원은 무공을 완전히 잃은 상태였다. 그랬기에 내공으로 차음막을 칠 수가 없어 세 여인은 홍원의 동태를 느낄 수 있었다.

광장히 큰 무례라는 것을 알고 있었지만 홍원에 대한 걱정이 무례를 뛰어넘었다.

단리유화와 곡비연은 몰라도 모용연에게는 이것은 굉장히 큰일이었다. 경천회에서 추구하는 협이라는 가치를 조금이나마 어긴 것이었으니까.

모용연도 자신이 왜 이 여인들과 함께 이곳에서 이러고 있는지 알 수가 없었다. 그저 홍원에 대한 걱정으로 가슴이 콩닥거릴 뿐이었다.

지금 현재 무공이 없다고는 하나, 방 밖의 저런 움직임을 느끼지 못할 정도로 홍원의 수련이 얕지 않았다. 무공이 없어도 능히 알 수 있었다.

다만 그것에 신경 쓰지 않았다. 지금 급선무는 무공을 되찾는 것이다.

보통 사람이라면 절대로 불가능한 일이다.

그러나 홍원은 달랐다.

아니, 정확히 천선은 달랐다.

경지에 오른 천선이었기에 방법은 있었다. 다른 무공과 궤를 달리하는 그 공능 때문이다.

홍원은 천천히 호흡을 하면서 주변으로부터 기운을 끌어모았다.

그렇게 모은 기운이 단전으로 흐르는 것을 꽉 막힌 혈맥이 방해하고 있었다. 하지만 상관없었다. 아주 작은 틈은 있었고 그 틈으로 천천히 기운이 스며들었다.

시간이 매우 오래 걸리는 지난한 작업이었다.

홍원은 인내심을 가지고 천천히 호흡을 지속했다. 그렇게 스며든 기운이 천천히 단전을 향해 흘러들어 갔다. 산산조각 난 단전을 천천히 감싼 기운은 조각조각 안으로 흘렀다.

그렇게 기운이 모든 조각을 거쳐, 기운의 실로 모두 이어 붙였다.

단전이란 곳은 오장육부와 같은 내장 기관이 아니었다. 그저 내공을 담는 가상의 기의 그릇이었다.

그랬기에 천선의 기운은 그 조각을 모두 이어 붙일 수 있었다.

'시간이 얼마 없을 듯한데… 생각보다 느려.'

그럼에도 홍원은 조급해하지 않았다. 지금 기초부터 차근차근 다시 쌓아야 한다. 급하다고 그 과정을 무시했다가는 추후 더 큰 위험에 직면할 수도 있었다.

혈맥이 막혔기에 단전으로 흘러드는 기운의 양이 너무 적었다. 하지만 막힌 혈맥을 뚫기 위해서는 먼저 단전이 회복되어야 한다. 그것만큼은 어쩔 수 없었다. 순서가 그런 것이다.

'그래도 너무 느린걸. 차라리 단전을 만드는 게 더 빠를지도……'

그렇게 생각을 이어가던 홍원이 몸을 부르르 떨었다.

미처 생각지 못했던 것이다.

모든 무인들은 단전이 하나라고만 생각한다. 상중하 단전이라는 개념을 가지고 있는 무공도 있으나 기본적으로 모든 무공은 배꼽 근처의 단전 그 하나를 이야기한다.

'단전은 내장 기관이 아니라, 그저 기의 그릇이다.'

기운이 단전을 치유하는 동안 홍원은 다시 한 번 천선의 모든 구결을 곱씹었다.

이전까지는 미처 인식하지 못했기에 보지 못했던 것이 보였다.

천선의 구결 그 어느 곳도 단전을 한정하고 있지 않았다. 그저 커다란 기운의 그릇이라 할 뿐이다.

'허.'

이제야 그 사실을 깨달으니 허탈했다.

홍원은 새로운 시각으로 천선의 구결을 다시 살폈다. 그러니 다시 새로이 보이는 부분이 있었다.

'기의 바다라…….'

기의 바다로 나아간다는 부분. 이전에는 그저 그것을 단전의 위치인 기해혈(氣海穴)이라 여겼다.

하지만 이렇게 되고 보니 그것에는 다른 의미가 있는 듯했다.

"천선이란 하늘의 선이라는 말 그대로다. 더없이 넓고 자유로는 것이지. 앞으로 천선을 찾아 너만의 천선을 만들어보거라."

등선 전 사부께서 남기신 마지막 가르침이다.

이제야 그 의미가 다시금 홍원에게 다가왔다. 그리고 동시에 의문도 일었다.

'사부께서 만드신 천선은 어떤 것일까?'

천선에 대한 그 어떤 가르침도 제대로 주지 않으셨다. 그저 비급을 완성하여 익히라 하셨을 뿐.

등선을 하신 후에야 천선을 찾아나섰고, 읍성으로 돌아가 수련을 시작했다.

꿈속의 일을 제외한다면 말이다.

그래서 사부의 말씀대로 홍원 자신만의 천선을 만들고 있다 여겼으나, 어쩌면 아닐 수도 있다는 생각이 들었다.

그렇게 깨달음이 찾아오는 순간.

단전을 치유하던 기운의 흐름이 다른 곳으로 움직이기 시작했다.

단전 옆의 빈 공간이었다. 그곳에 기운이 서서히 뭉치기 시작했다. 이윽고 작은 콩알만 해져 단단히 자리를 잡았다.

새로운 단전이었다.

서서히 혈맥을 통과해 들어오는 기운들이 모두 새로운 단전으로 모여들었다. 콩알만 한 크기로 시작했던 단전은 이윽고 아기 주먹만 한 크기로 커졌다.

그때부터였다.

단전에 모인 기운이 혈맥을 타고 들어오는 기운과 호응하며 망가진 혈맥을 수복하기 시작했다.

상처를 치유하는 과정은 상당한 고통이 수반되었다.

"크윽."

홍원이 자신도 모르게 신음을 흘릴 정도다. 혈맥이 치유되어 감에 따라 들어오는 기운의 양은 많아졌고, 홍원은 그렇게 점차 무아지경에 빠져들었다.

거기까지 꼬박 두 시진이 걸렸다.

그 시간 동안 문밖에서 그의 동태를 살피던 여인들은 깜짝 놀랐다.

방 안에서 느껴지는 내공의 흐름 때문이다.

"어, 어떻게……."

셋 중 가장 강한 단리유화가 가장 먼저 느끼고는 믿을 수 없다는 얼굴로 중얼거렸다.

잠시 후, 다른 두 사람도 단리유화와 같은 표정을 지었다.

가장 먼저 신색을 회복한 것은 모용연이었다.

경천회에 남아 있는 홍원의 신화를 떠올린 것이다.

"장 공자님 정도 되는 초월적인 고수를 저희의 상식으로 재단하는 것은 역시 무리였나 봐요."

기의 흐름을 느낀 이상 이곳에 있을 이유는 없었다.

그녀들의 걱정은 기우가 되었으니까.

가슴 졸이던 시간을 뒤로하고 조용히 홍원의 방 앞을 떠났다. 여전히 굵은 비가 어두운 하늘에서 내리고 있었다.

아이들이 한 방에 옹기종기 모여 있었다.

세 여인은 그곳으로 향해 잔뜩 겁에 질린 아이들을 돌봤다.

이틀 전에 있었던 그 무시무시한 범람의 충격에서 아직 벗어나지 못한 탓이다.

홍원 덕에 제루원에는 아무 피해가 없었지만, 그 무시무시한 물살이 마을 양쪽으로 지나가는 소리만은 아이들도 들을 수 있었다.

"장죽 은인께서는 괜찮으신지요?"

진영이 조심스레 물었다.

단리유화가 고개를 끄덕이며 답했다.

"네. 이제 몸을 추스르고 계세요."

"아, 다행입니다."

그 말을 하며 진영은 풀썩 주저앉았다. 긴장이 풀리며 몸에 힘이 빠진 것이다.

그녀는 대강이나마 마을이 무사한 것이 홍원 덕임을 눈치채고 있었다. 그럴 수밖에 없는 것이 경천회의 무사들과 세 여인이 나누는 이야기를 조금씩 들을 수 있었기 때문이다.

경천회의 무사들은 현재 제루원의 마당에 천막을 쳐 머물고 있었다.

제루원은 그 규모가 크지 않아 이 정도 인원이 머무를 곳이 없었던 탓이다. 홍원이 누워 있는 곳은 진영의 방이었다.

"벌써 밥때가 되었네요."

문득 생각났다는 듯, 곡비연이 그리 말하고는 부엌으로 향했다.

홍원이 깨어나고 괜찮다는 것이 확인된 후 제루원에 조금씩 활력이 돌았다.

지금껏 홍원에 대한 걱정으로 모두들 축 처져 있었던 것이다.

경천회의 무사들의 움직임에도 힘이 생겼다. 그들은 마을을 돌아보며 지난 범람의 여파를 정리하고 있었다.

그렇게 한탄 마을에 조금씩 활기가 돌기 시작했다.

그와는 상관없이 여전히 어둡고 우중충한 하늘은 굵은 빗줄기를 계속해서 내리고 있었다.

홍원은 삼매에 빠져 있었다.

그 속에서 천선의 구결이 전혀 새로운 모습을 하고 전혀 다른 의미로 다가왔다.

혈맥을 치유하는 동시에 천선의 깊은 바닷속을 유영했다.

새로이 만든 단전이 커져감에 따라 혈맥의 치유 속도는 점차 더 빨라졌다.

이윽고 모든 혈맥이 치유되니, 대해와 같은 기운이 노도처럼 홍원의 단전으로 몰려들었다.

새로운 단전이 기운으로 가득 차올랐음에도 기운은 계속해서 몰려들었다. 넘치는 기운은 산산조각 났다가 기운의 실로 이어져 있던 기존의 단전으로 몰려갔다.

기운의 양은 어마어마했기에 산산조각이 난 단전을 순식간에 치유한 후 그 안으로도 모이기 시작했다.

그렇게 두 개의 단전을 가득 채운 후에야 기운의 유입이 멈쳤다.

이제는 그저 호흡에 따라 일상적인 기운이 드나드는 정도였
다.

그제야 홍원은 두 눈을 떴다.

몸은 완벽하게 회복이 된 상태다. 아니, 범람을 막기 전보다
훨씬 강해진 상태였다. 그럼에도 기의 폭풍이 몰아친다거나 하
는 일은 없었다. 그저 평온했다.

홍원은 문을 열고 방을 나섰다. 여전히 내리는 굵은 빗줄기
에 홍원이 눈을 찡그렸다. 이미 알고 있었지만 이렇게 계속 비
가 내린다면 다시 한 번 범람이 일어날 수도 있었다.

"아, 상공."

가장 먼저 홍원을 발견한 이는 곡비연이었다.

"이틀 만에 나오시네요."

방긋 웃으며 홍원을 향해 다가왔다.

"이틀이 흘렀나?"

"딱 스물네 시진이 흘렀어요."

홍원의 물음에 곡비연이 고개를 끄덕이며 말했다.

"빠르다면 빠르고 늦었다면 늦었군. 그래도 다행히 아주 늦
지는 않았어."

"무슨 말이죠?"

홍원의 말에 곡비연이 고개를 갸웃거리며 물었다. 하지만 홍
원은 그 의문을 풀어주지 않았다.

"마을 사람들은?"

"이제는 안정을 되찾았어요. 상공 덕에 마을 좌우로 커다란 천이 두 개 만들어졌네요. 그리고 이곳에서 범람을 일으킨 덕에 한탄천 하류와 태장강 지역의 마을들이 위기를 넘겼어요. 중간에 상당한 양의 물을 다른 곳으로 흘려낸 덕분이죠."

그사이 하오문의 정보원이 왔다 간 것일까. 곡비연은 홍원이 묻지 않은 정보까지도 알려줬다.

고개를 끄덕인 홍원은 걸음을 옮겼다. 세찬 비는 홍원이 펼친 기막에 사방으로 튕겨 나갔다.

"어디 가시는 건가요?"

"해결할 일이 있어."

곡비연의 말에 홍원은 짧게 말하고 제루원 밖으로 나섰다. 그즈음 단리유화와 모용연이 그곳으로 달려왔다.

멀어지는 홍원의 뒷모습을 보던 단리유화는 결심을 한 듯 그 뒤를 따라나섰다. 단리유화가 움직이니 모용연과 곡비연도 함께 움직였다.

굵은 빗줄기 속을 홍원은 빠르게 달렸다. 세 여인이 뒤따르는 것을 알고 있었지만 개의치 않았다.

'그 기운은 분명……'

마지막에 우연히 느꼈던 기운.

분명 경험한 적이 있었다. 정확히 말하면 비슷한 기운을 겪은 적이 있었다.

그때도 이렇게 비바람이 몰아치고 천둥 번개가 진동을 했다고 했었다.

깊은 광산 속에 있느라 홍원 자신은 전혀 느끼지 못했지만, 밖에서 두려움에 떨던 이들의 말을 빌리자면 그랬다.

'그때와 기운의 형태가 유사해.'

홍원은 기운이 느껴졌던 곳으로 빠르게 달렸다. 한탄천 옆을 따라 조금 더 거슬러 올라가자 더 넓은 호수가 홍원을 맞이했다.

막상 눈앞에서 보니 그 크기가 상상 이상이었다. 제법 큰 호수라고 하기에는 표현이 부족했다.

이 정도 규모이니 범람한 물의 양이 그렇게 어마어마했던 것이리라.

와사호에 도착한 홍원은 기감을 최대한으로 넓혔다.

넓고 깊게 퍼져가는 홍원의 기감은 금세 거대한 기운을 내뿜는 존재를 찾을 수 있었다.

"호수의 중심. 가장 깊은 곳이군."

정신을 잃기 직전의 그 순간, 어떻게 저 존재를 느꼈는지는 홍원으로서도 알 수 없는 노릇이다.

당시는 그야말로 절체절명의 상태에서 모든 내공을 쏟아붓느라 기감을 펼칠 정신 따위는 없었으니까.

홍원은 호수 변에서 가만히 호수를 내려다보았다. 그 깊이가 엄청났다. 과연 그냥 호수라 불러도 될까 싶은 정도였다.

"이십 장(대략 60미터)은 되는 것 같은데……."

미간에 주름이 생겼다. 그 깊은 물속으로 들어가는데 과연 호흡이 괜찮을까란 생각이 든 것이다.

귀식대법(龜息大法)으로 숨을 참는다고 해도 일각이 한계였다. 홍원이 알고 있는 무공 중 아쉽게도 귀식대법에 대한 것은 없었다.

꿈속의 기억을 모두 뒤져도 마찬가지였다.

결국 홍원이 사용할 수 있는 것은 기본적인 귀식대법이 전부였다.

"아쉽군."

자기도 모를 혼잣말이 흘러나왔다.

"결국 일각 안에 물 밖으로 끌어내든가… 내가 한 번은 호흡을 하고 다시 내려가야 한다는 건가?"

쉽지 않은 일이었다. 물속에서 물의 저항으로 인한 움직임의 제한도 염두에 둬야 했다.

어떻게든 최대한 빨리 놈을 물 밖으로 끌어내야 했다.

홍원은 내공을 전력으로 끌어 올렸다. 이미 다른 놈과 한 번 싸워본 경험이 있었다.

그때보다 홍원 자신이 더 강해졌지만 만반의 준비를 해야 했다. 더군다나 귀식대법을 펼친 채 물속에서 싸워야 하지 않은가.

양손에 쥔 흑운과 단하에 강기가 맺혔다. 홍원은 그 상태로 땅을 박차고 물 위를 달렸다.

허공보가 등평도수(登萍渡水)의 경지로 펼쳐진 것이다.

홍원은 곧장 와사호의 중심을 향해 달렸다. 그즈음 세 여인이 와사호 변에 도착했다.

호수의 중심을 향해 달려가는 홍원의 모습을 보고 입을 쩍 벌어졌다. 저 정도 경지에 오른 등평도수를 처음 보는 것이기에 당연했다.

그녀들은 홍원이 천하제일의 고수라는 사실을 분명히 인식하고 있음에, 간혹 그 경지가 어느 정도인지를 잊는다.

그러다가 이렇게 직접 겪게 되면 저리도 놀라며 홍원의 경지를 상기하는 것이다.

그즈음 홍원의 몸이 훌쩍 솟구쳐 올랐다. 숨을 크게 들이쉰 후 귀식대법을 펼쳤다.

풍덩!

홍원은 곧장 물속으로 들어갔다.

천천히 아래로 가라앉았다. 깊어질수록 물이 주는 압력이 조금씩 올라감을 느꼈다. 약간 답답한 정도일 수 있으나 내공을 최대한으로 끌어 올린 홍원에게는 아무런 지장이 없었다.

홍원은 내려가는 중에 천천히 몸을 움직였다. 물속의 움직임에 적응하기 위해서였다.

물의 저항은 생각보다 귀찮았기에 홍원은 몇 번 더 검과 도를 움직였다.

조금 익숙해졌다 싶을 때, 홍원은 호수의 바닥에 발을 디딜 수 있었다.

눈앞에 거대한 바위가 있었다.

정확히는 바위가 아니다. 호수의 흙이 오랜 세월 놈의 몸통 위로 쌓이고 쌓여 바위처럼 보일 뿐.

따리를 튼 놈이었다.

눈앞에서 보니 과연 어마어마한 존재감이었다.

향산에서 만났던 묵룡에 비해 더 커다란 존재감이었다. 이유는 간단했다. 묵룡보다 여기에 있는 이 녀석의 승천이 더 임박한 것이다.

다만 그 기운의 형질은 묵룡과는 조금 달랐다. 정확히는 목이문의 이무기와 더 비슷했다.

'이 녀석은 이무기가 기운을 흡수해 탈피한 녀석이겠군.'

홍원은 묵룡과 나눴던 대화를 떠올렸다.

호수 위에서 끊임없이 수기와 뇌기가 놈을 향해 흘러들고 있었다.

홍원이 정신을 잃기 전에 느꼈던 기운은 어쩌면 저 흐름일지도 모르겠다는 생각이 들었다.

아마도 저놈이 승천을 준비하느라 지속적으로 흡수하는 기운이 저 비구름을 불러온 것 같았다. 그 탓에 이 지역의 우기가 평소보다 훨씬 빨라진 것이고.

'일단 깨워야지.'

놈은 홍원이 온 것을 아는지 모르는지 꿈쩍도 하지 않았다.

홍원은 오른손에 든 흑운을 거세게 휘둘렀다. 물살이 갈라지며 새하얀 강기가 바위를 향해 날아갔다.

쿠웅!

물이 뒤흔들리며 흙먼지가 올라 물이 금세 흙탕으로 변했다.

그 속에서 번쩍이는 두 개의 노란빛이 나타났다. 놈이 눈을 뜬 것이다.

지금까지 놈은 그냥 귀찮은 벌레 하나가 근처에서 맴돌다가 갈 것이라 생각하고 무시하고 있었다. 한데 자신을 공격했다.

이제 여의주가 완성 단계에 들어선 아주 중요한 순간에.

놈은 분노했다.

"쿠어어어어어!"

커다란 울음이 터져 나왔다. 물속임에도 그 소리가 홍원의 귀에 똑똑히 들렸다. 놈의 울음에 따라 물이 세차게 요동을 쳤다.

세찬 소용돌이와 함께 놈이 온전한 모습을 드러냈다.

길이만 십 장에 이르는 거대한 몸이다.

'이번에는 백룡이군.'

온몸이 새하얀 녀석이었다. 노란빛의 두 눈이 무시무시했다.

이미 한 번 본 적이 있었던지라 홍원은 태연했다.

묵룡과 다른 점이라면 앞발에 쥔 새하얀 여의주가 더욱 영롱한 빛을 발한다는 것이다.

'묵룡보다 훨씬 많은 기운을 모았다.'

지난 싸움의 경험으로 알고 있던 사실이기에 홍원은 경각심을 가졌다.

홍원을 마주한 백룡은 홍원을 향해 입을 쩍 벌렸다.

입에서 거대한 기운이 홍원을 향해 날아왔다. 묵룡은 사용한 적이 없었던 기술이었다.

거대한 기운은 호수의 물과 어울려 소용돌이치며 곧장 홍원을 향해 쏘아져 왔다.

"큭."

가는 신음과 함께 공기 방울이 홍원의 입에서 흘러나왔다.

재빨리 단하를 휘둘러 자신을 향해 날아오는 기운을 베었다.

쾅!

커다란 폭음과 함께 흙탕물이 피어올랐다. 시야가 완전히 가려졌지만 홍원과 백룡에게는 아무런 문제가 되지 않았다.

백룡이 쏘아낸 기운을 막아냈다 싶은 순간 백룡의 거대한 꼬리가 홍원에게 날아왔다.

흑운과 단하를 교차해 막았다.

둔중한 충격에 홍원은 속절없이 날아갔다. 물속이 아니었다면 형편없는 모습으로 내동댕이쳐졌을지도 몰랐다.

'묵룡과는 다르군.'

"크르르르."

용의 사나운 울음이 홍원의 귀에 들렸다.

'말을 못 하는 녀석인가?'

묵룡은 자신에게 의념으로 대화를 시도했었다. 하지만 이 녀석은 계속해서 사나운 울음을 흘릴 뿐이었다.

이제야 묵룡이 하급한 종족이라 한 말을 이해할 수 있었다.

과연 용에도 두 종류가 있었다. 그리고 홍원은 이제 그 두 종류의 용과 모두 싸우게 되었다.

홍원이 생각을 정리하는 사이, 놈의 머리가 홍원에게 훅 다가왔다.

재빨리 몸을 움직여 백룡의 공격을 피했다.

물속에 백검강과 적도강이 모습을 드러냈다. 그리고 곧장 백룡을 향해 날아갔다.

여의주에서 두 줄기 벼락이 쏟아져 검강과 도강을 막았다.

이 모습은 묵룡과 크게 다르지 않았다.

'여의주가 약점이다.'

이미 묵룡과의 싸움에서 알아낸 사실이다. 그러나 문제는 묵룡에 비할 수 없이 훨씬 많은 기운을 가졌다는 것이다.

홍원이 검과 도를 세차게 휘두르며 백룡에게 맞부딪쳐 갔다.

콰쾅! 쿠릉!

와사호의 물이 미친 듯이 요동쳤다. 당장에라도 모두 호수 밖으로 흘러넘칠 듯한 모습이다.

빗줄기는 더욱 굵어졌고, 천둥 번개가 쉬지 않고 내려쳤다. 바람은 폭풍처럼 사방을 쓸어가고 있었다.

"대체 무슨 일일까요?"

모용연이 걱정스레 말했다. 홍원이 호수 속으로 들어가고 잠시 후 이런 변화가 일어났다. 세 여인은 당연히 홍원 때문에 야기된 일이라 생각하고 있었다.

"우리가 어찌 그 큰 사람을 알 수 있을까."

단리유화가 담담히 말했다. 그녀의 시선은 여전히 호수 가운데를 향해 있었다.

그녀만은 어렴풋이 느끼고 있었다.

호수 속에서 요동을 치는 거대한 두 기운의 움직임을 말이다.

강기와 벼락, 거대한 움직임의 향연이었다. 홍원과 백룡은 치열하게 서로를 공격했다.

'슬슬 시간이……'

홍원은 호흡이 다해가는 것을 느꼈다.

귀식대법의 일각이 끝나가는 것이다. 이곳에서 움직이는 녀석을 보아하니 여간해서는 물 밖으로 나갈 것 같지가 않았다.

그야말로 물속이 이놈의 주 무대였다.

그렇다면 일단 호흡부터 회복해야 했다.

흑운을 앞으로 곧장 내밀었다. 강기가 새하얀 빛을 내뿜더니 점차 검극으로 몰렸다.

강환이다.

묵룡의 여의주와 자웅을 겨뤘던 극강의 무공이었다.

반투명한 구슬은 흑운의 움직임과 함께 곧장 백룡을 향해 날아갔다. 백룡은 이번에는 심상치 않은 기운을 느꼈는지, 강환을 향해 입을 쩍 벌렸다.

용의 입에서 쏘아져 나오는 숨결의 기운은 어마어마한 위력의 강기였다.

콰콰쾅!

강환과 용의 숨결이 부딪혀 어마어마한 폭발을 만들었다.

와사호의 물이 출렁이며 다시금 범람했다. 이것은 물의 양이 넘쳐서 그런 것이 아니라, 물의 움직임이 너무 격렬해서 호수 밖으로 튀어 나가 버린 것이다.

그 틈에 홍원은 곧장 물 밖으로 솟구쳐 올랐다.

"후우, 후우."

신선한 공기가 폐부 가득 들어왔다. 충분히 호흡을 한 홍원
은 다시 귀식대법을 펼쳐 몸을 뒤집었다. 그리고 양손의 흑운
과 단하를 앞으로 쭉 내밀고는 물속으로 쏘아져 내려갔다.

검극과 도첨에 어린 반투명한 강환.

홍원은 호흡을 하는 틈에 강환까지 만들어낸 것이다.

그렇게 신검도합일의 상태로 홍원은 물속에서 백룡을 향해
쏘아져 나갔다.

묵룡에게 제법 타격을 줬던 강환이 백룡에게는 그저 시간
끌기용이었다. 그만큼 이놈이 모은 기운이 거대하다는 반증이
다.

그럴 것을 예상하고 쏘아낸 강환이었기에, 이번에는 두 개의
강환과 함께 백룡을 공격했다.

"쿠어어어!"

조금 전의 강환의 위력을 직접 체험했기 때문인가. 백룡은
거대한 울음을 터뜨리며 여의주와 뿔에서 새하얀 뇌전을 홍원
을 향해 날렸다.

콰콰콰콰쾅!

요란한 폭음이 울렸다.

두 개의 강환은 백룡의 뇌전에도 영롱한 빛을 여전히 머금고
홍원과 함께 앞으로 나갔다.

자신의 일차 공격이 아무런 타격을 입히지 못하자 백룡은 다시금 입을 벌렸다.

아무래도 이놈의 주공격은 입을 벌리고 쏘아내는 숨결인 듯했다.

조금 전의 숨결과는 차원이 다른 기운이 홍원을 향해 날아왔다.

쿠콰콰콰쾅!

다시 한 번 거대한 폭음이 터졌다.

충돌의 반발력으로 홍원은 호수 밖으로 튕겨 날아갔고 백룡은 호수 바닥에 고꾸라지며 처박혔다.

그야말로 어마어마한 충돌이었다.

호수 물은 다시 한 번 넘쳐 범람했다.

"크윽."

가는 신음을 흘린 홍원은 출렁이는 물살에 위태로이 떠 있는 작은 나뭇가지에 올라섰다.

물살에 따라 홍원도 함께 출렁거렸다.

그사이에 호수의 물은 계속해서 무너진 둑 너머로 흘러 나갔다.

지난번 범람 때 만들어진 물길 덕에 마을에 피해를 주지는 않았으나, 갑작스러운 소동에 마을 사람들은 굉장히 놀랐으리라.

"어렵군."

홍원은 호수 바닥을 기감으로 훑으며 중얼거렸다. 방금 전

격돌은 백룡에게도 큰 충격이었는지, 호수 바닥에서 잠시 숨을 고르고 있었다.

"생각을 달리 해야 할까?"

백룡이 이곳에서 승천을 준비하고 있는 한 비는 멈추지 않는다. 당장은 한 번 범람시켜 위기를 넘겼지만, 본격적인 우기와 겹치면 어떤 위기가 닥칠지 알 수 없었다.

곡비연이 그러지 않았던가, 지금의 비는 평년보다 이십 일 이상 빠르다.

즉, 이십 일 이후에 더 많은 비구름이 몰려올지도 모른다. 그때까지 여전히 녀석이 이곳에서 승천의 막바지를 준비하며 풍우뢰를 부른다면 어떤 재해가 일어날지 알 수 없었다.

처음 백룡의 똬리를 봤을 때는 일단 먼저 퇴치해야겠다고 생각했으나 이렇게 부딪혀 보니 방법을 바꿔야 할지도 모른다는 생각이 들었다.

퇴치는 가능할 것 같았다.

범람을 막으며 얻은 기연이 홍원 자신을 더욱 강하게 만들어 줬으니까.

향산의 묵룡보다 강한 백룡이지만, 홍원은 그때보다 더욱 강해졌다.

다시 그 묵룡을 상대한다면 어렵지 않게 이길 수 있겠다는 생각이 들 정도였으니까.

"그런데 여파가 너무 커."

그랬다.

자신과 백룡의 강대한 힘이 충돌하는 여파가 너무 엄청났다.

지금도 전초전에 불과한 부딪힘에 호수의 물이 넘쳐흐르지 않았는가. 홍원은 그 사실을 방금 물 밖으로 튕겨 나면서 알았다.

공중으로 솟구쳐 오른 몸의 균형을 잡으며 수면으로 내려서는 자신의 눈에 보인 것이었다.

물속의 백룡이 다시 움직이기 시작했다. 놈은 홍원의 위치를 느낄 수 있는 것인지, 곧장 홍원을 향해 몸을 뻗었다.

이십 장 깊이의 물속에서 열 장 길이의 몸을 가진 녀석이다. 순식간에 머리가 물 밖으로 솟아나며 단번에 홍원을 삼킬 듯이 입을 벌렸다.

홍원은 나뭇가지를 박차고 백룡의 공격을 피했다.

일격에 홍원을 씹어 삼키는 데 실패한 백룡은 다시 물속으로 들어갔다.

"요… 요… 용이죠?"

모용연이 얼빠진 얼굴로 간신히 말했다.

"그, 그러네."

단리유화가 더듬더듬 말했다. 그나마 그녀는 향산에 나타난 용의 소문을 지척에서 들었기에.

"와, 와사호에 용이라니… 그럼 그 전설이?"

곡비연은 정보 조직의 인물답게 와사호의 유래부터 떠올렸다.

"천 년 전에 어느 어부가 봤다는 큰 뱀이 허무맹랑한 소리가 아니라, 이무기였다는 건가?"

하지만 곡비연의 얼빠진 얼굴로 보아 아마 자신이 무슨 말을 하는지 인식도 하지 못하고 있는 듯했다. 그저 습관적으로 행하는 행동이리라.

홍원은 그녀들까지 신경 쓸 여유가 없었다.

다시금 백룡이 물속에서 자신을 향해 솟구쳐 오고 있었다. 다시 한 번 몸을 훌쩍 띄웠다. 그러나 그런 움직임을 예상했다는 듯 백룡은 한 번 몸을 꺾어 홍원을 쫓았다.

"쳇."

호수의 수면을 향해 홍원은 재빨리 흑운을 휘둘렀다.

펑!

그 반탄력으로 다시 한 번 몸을 움직여 백룡의 입을 피했다. 백룡은 아쉬운 눈으로 홍원을 바라보더니 다시 물속으로 들어갔다.

그 눈빛은 지혜를 가진 존재의 그것이었다.

"어쩌면 말이 통할지도 모르겠어."

처음의 모습만을 보고 홍원은 백룡이 묵룡과는 다르게 의사소통이 불가능할 것이라 여겼다.

하지만 지금 모습을 보니 생각이 달라졌다.

기실 홍원과 백룡의 첫 만남은 가만히 웅크리고 쉬고 있는 상대를 다짜고짜 홍원이 공격한 것 아니던가.

보통 사람이라도 분노에 이성을 잃을 수도 있는 상황이었다.

"일단 대화를 시도해 봐야겠군."

홍원은 귀식대법을 펼친 채 다시 물속으로 들어갔다.

물 위의 홍원을 공격하려고 준비를 하던 백룡은 다시금 물속으로 들어온 그를 보며 눈에 이채를 띠었다.

[내 말을 알아들을 수 있는가?]

홍원은 백룡에게 전음을 보냈다. 정확히는 전음과는 차원이 다른 종류였다.

불가에서 혜광심어(慧光心語)와 유사한 것으로 언어를 전달하는 것이 아닌, 의지를 전달하는 것이었다.

그래서 심어인 것이다.

백룡이 우뚝 멈춰 섰다.

분명 반응을 했다.

[인간이 아닌가? 용의 말을 사용하다니?]

백룡에게서 답이 왔다.

의사소통이 가능했다. 묵룡과의 차이라면 묵룡은 인간의 언어 자체를 알아들었으나, 백룡은 심어를 보냈을 때 반응을 했다.

사실 물속이라 말을 걸 수도 없는 상황이라, 그 부분은 확인할 수 없었다.

[아니, 인간이다.]

홍원은 짧게 말했다.

[신기한 인간이로군. 승천을 준비하는 날 다짜고짜 공격한 이유가 무엇이지?]

일단 대화가 통하자 공격은 멈췄다. 그러나 홍원을 향한 물음에는 순수한 분노가 담겨 있었다.

의지의 전달이었기에, 그 분노가 더욱 생생하게 전해졌다.

[네 녀석 때문에 인간들이 위험해져서.]

[위험?]

[네 녀석이 용의 한 족속인지, 이무기가 탈피한 것인지 모르겠다만······.]

[우리에 대해 많은 것을 알고 있군.]

백룡이 홍원의 말을 끊었다.

[정확히 말해주자면 후자다.]

이어진 말에 홍원은 고개를 끄덕였다. 역시 자신의 예상대로였다.

[네 녀석이 승천을 준비하며 불러들인 풍우뢰가 인간의 마을을 집어삼키려고 했거든. 더욱이 이곳은 곧 많은 비가 내린다.]

[알고 있다. 그 비의 수기를 흡수하여 승천을 하기 위해 준비 중이었으니까.]

그 대답에 홍원의 눈썹이 꿈틀했다.

[내가 이곳에서 지낸 시간이 얼마라 생각하는가? 이천 년이 넘었다. 그리고 여의주를 완성하여 승천을 기다리고 있지. 그러면 나는 진정한 용계로 갈 수가 있어. 용계의 문을 열기 위해 필요한 마지막 승천의 기운을 모으기 위해 기다리고 있는 중이다.]

그리 말하는 백룡의 두 눈에 은은한 살기가 어리기 시작했다.

그 살기는 용의 말에서도 느껴졌다.

[그런데 네놈 때문에 그 기운 중 일부를 사용해 버렸다. 어쩌면 이번에 아슬아슬할 수도 있어.]

그 사실에 백룡은 분노하고 있었다.

[그리고 그리되면 인간의 마을은 사라지겠군.]

고작 우기를 기다리며 준비를 하는데 이 정도의 비가 내렸다. 우기와 녀석의 조화가 어우러지면 그야말로 어떤 재앙이 닥칠지 알 수 없었다.

비단 한탄 마을만의 문제가 아니었다.

한탄천 하류에 위치한 마을들과 태장강에 위치한 무수한 마을들이 어마어마한 수해를 입을지도 모를 일이었다.

[인간들의 사정일 뿐이다.]

백룡의 대답은 간단했다. 홍원은 같은 답을 주었다.

[너의 사정일 뿐이지.]

두 존재의 심어에 강렬한 투기가 어리기 시작했다.

[마지막으로 묻지.]

홍원은 양손에 든 검과 도에 내공을 잔뜩 모은 채 의지를 전했다.

[다른 곳에서 인간들에게 피해를 주지 않고 승천을 준비할 생각은 없나? 이천 년을 기다린 너에게 있어, 고작 일이 년은 찰나일 텐데?]

[큭큭큭, 우습구나. 지금의 나는 하루하루가 천 년과도 같다. 그 오랜 세월의 숙원이 눈앞에서 기다리고 있는 지금, 시간

은 한없이 느리게 가는 것 같군.]

명백한 거절이었다.

콰르르르르릉.

호수가 거칠게 파도쳤다.

두 존재의 강렬한 투기 때문이었다.

'최대한 빨리 끝낸다.'

다짜고짜 공격부터 한 것에 대한 미안함은 사라진 지 오래였다. 대화부터 했더라도 어차피 결과는 같았다.

이런 강대한 존재와의 전투는 마을에 피해를 줄 수 있어, 홍원은 처음부터 전력을 다해 단시간에 끝내기로 마음먹었다.

두 개의 단전이 미친 듯이 내공을 뿜어냈다. 물속의 농밀한 기운이 전신의 모공을 통해 홍원의 몸속으로 들어왔다.

백룡이 승천을 위해 모아둔 기운이었다.

승천 직전의 용들은 자신의 주변에 이렇게 기운을 모으는 듯했다. 홍원으로서는 고마운 일이다.

내공이 두 개의 단전 사이를 왕복했다. 그러면서 점점 더 내공의 기운이 증폭되었다.

홍원으로서는 미처 예상치 못한 일이다.

그저 절대량만 늘어난 것이 아닌 상호작용으로 인한 증폭까지 일어나다니.

의외의 현상에 홍원의 입꼬리가 올라갔다. 지금 상황에서는 더없이 반가운 일 아닌가.

백룡도 홍원과 생각이 비슷한 것인지, 앞발에 든 여의주가 강렬한 빛을 토해내기 시작했다.

여의주.

용을 상대함에 있어 가장 골치 아픈 물건이었다.

'하지만 지금은 이야기가 다르지.'

두 개의 단전이 지속적으로 증폭시키는 내공을 느끼며 홍원은 생각했다.

곧게 뻗은 양팔의 끝에 있는 흑운과 단하.

두 개의 병기는 짙은 강기로 휩싸였고, 곧 끝부분에 반투명한 구슬이 튀어나왔다.

조금 전의 강환과는 달랐다.

강환이 만들어졌음에도 여전히 두 병기에는 강기가 가득했다. 그 강기들이 이윽고 강환을 계속해서 토해냈다.

흑운과 단하에 맺힌 강기가 사라졌을 때, 셀 수 없이 많은 강환이 형성되어 홍원의 주위에 떠 있었다.

백룡은 그 모습을 똑똑히 보았다.

몸이 흠칫 떨리는 듯했다.

조금 전 저 작은 구슬 두 개의 위력을 몸소 겪지 않았던가.

샛노란 두 눈이 그 빛을 폭사했다. 여의주는 당장에라도 터질 것처럼 광채를 내기 시작했다.

앞발이 여의주를 놔버리자 서서히 움직이며 백룡의 입에 물렸다.

머리에 난 두 개의 뿔이 가득 찬 뇌전의 기운을 여기저기 흘리고 있었다.

그렇게 물속에 흐르는 뇌전의 기운을 이기지 못한 물고기들이 죽어서 호수 위로 둥둥 떠올랐다.

"이, 이제 무슨 일이죠?"

모용연은 갑자기 거친 파도가 치는 호수 위로 배를 뒤집은 채 나타나는 물고기들을 보고 놀랐다.

"호수에 뇌기가 가득 차 있어."

뇌기를 사용하고 있는 무공을 대성한 단리유화가 백룡의 뇌기에 예민하게 반응했다.

호수에서 은은하게 뿜어져 나오는 뇌기에 온몸이 쩌릿쩌릿할 정도였다.

"상공은 대체 그 끝이 어디일까요?"

호수를 바라보며 곡비연이 멍한 얼굴로 중얼거렸다.

그 말에 대한 대답은 모용연도, 단리유화도 할 수 없었다. 그녀들로서도 너무나 궁금한 물음이었다.

무수한 강기환에 위협을 느꼈음인가.

먼저 움직인 것은 백룡이었다. 백룡의 두 뿔에 맺힌 뇌기가 입에 문 여의주의 기운과 만났다.

그리고 목에서부터 뿜어져 나오는 강렬한 용의 숨결!

세 가지 기운이 만나 소용돌이치며 홍원을 향해 곧장 날아갔다.

곧장 강환으로 백룡의 공격을 막을 것만 같았던 홍원은 그러지 않았다.

대신 몸을 움직여 백룡의 공격을 피했다.

그러나 그런 상황도 대비가 되었는지 백룡의 공격은 피하는 홍원을 향해 방향을 꺾었다.

그 모습에 홍원은 웃음 지었다. 미처 예상했다는 듯한 얼굴이다.

그렇게 홍원은 강환을 몸 주위에 잔뜩 두른 채 빠르게 물속을 유영해 백룡의 공격을 이리저리 피했다.

강대한 기운을 머금은 공격이 이리저리 움직이니 호수의 파도는 그야말로 격랑으로 변해 있었다.

그럼에도 홍원은 한참을 움직였다.

그리고 드디어 홍원이 바라는 구도가 만들어졌다.

홍원이 호수의 바닥에 두 발을 딛고 서 있었고, 백룡은 호수의 위쪽에서 아래로 향해 공격을 쏘아내고 있었다.

홍원은 백룡이 쏘아내는 거대한 기운을 올려다보았다. 홍원의 움직임 때문에 한창 호수 속에 어지러운 그림을 그리다가 이제야 곧장 날아오고 있었다.

담담히 그 기운을 올려다보며 생각했다.

'가라.'

홍원의 주위에 있던 강환 중 절반이 백룡의 기운을 향해 날아갔다.

콰콰콰쾅!!!!!

어마어마한 폭음이 터져 나왔다. 호수는 당장에라도 모든 물이 넘쳐흐를 듯이 커다랗게 요동을 쳤다.

충돌의 여파로 홍원은 호수 바닥에 깊숙이 박혔다.

바닥에 사람 크기의 깊은 굴이 파인 것처럼 보였다.

백룡은 호수 밖으로 튕겨 나갔다. 그 거대한 몸이 충돌의 여파를 이기지 못하고 속절없이 호수 밖의 하늘로 치솟아 올랐다.

당장에라도 붕괴될 것처럼 호수가 요동치며 거대한 용을 뱉어냈다.

머리만 솟아오르던 것을 보는 것과는 차원이 달랐다.

세 여인은 정신을 차리지 못한 얼굴로 하늘을 올려다보았다. 그녀들이 언제 이렇게 용을 본 적이 있던가.

가까워도 너무 가까웠다.

비늘 하나하나까지 모두 보였다.

눈을 치켜뜨고 입을 떡 벌리고는 딱딱하게 굳어버렸다. 어떤 움직임도 보일 수 없었다.

한편 한탄 마을은 난리가 났다.

하늘이 무너지는 듯한 소리가 계속 울리더니, 물이 넘치고 이제는 검은 하늘에 백룡이 솟아올랐다.

사람들은 혼비백산하여 이리 뛰고 저리 뛰었다. 도망간다고 짐을 들고 튀어나오는 사람들, 그대로 엎드려 용서를 구하는 사람들이 뒤섞였다. 난리도 이런 난리가 없었다.

전설 속의 용이 갑자기 와사호에서 튀어나왔으니 당연한 일이다.

호수 바닥에 박혔던 홍원은 재빨리 자세를 바로 하고 땅을 박차고 솟아올랐다.

강렬한 기운의 충돌에 소용돌이치고 너울 치는 호수는 잠시지만 바닥부터 하늘까지 뻥 뚫려 버렸다.

홍원은 그 공간을 통해 하늘로 솟아올랐다.

공중으로 올라온 홍원은 아무것도 없는 허공을 밟고 움직였다.

"허, 허공답보."

그 모습에 단리유화가 정신을 차리고는 중얼거렸다. 그녀에게는 용의 출현보다도, 홍원의 저런 무위가 더욱 충격적이었다.

홍원의 주위에는 여전히 강환들이 둥둥 떠 있었다.

그 모습 또한 신선한 충격이었다. 단리유화는 그 하나하나가 강기가 응집한 구슬임을 알아차렸다.

남녀를 떠나, 한 명의 무인으로서 절로 존경심이 일었다.

백룡은 아직도 정신을 차리지 못했다.

폭발의 충격이 머리를 뒤흔들었기 때문이다.

홍원은 그런 백룡을 향해 가볍게 손을 저었다.

나머지 강환들이 날아갔다.

쾅! 콰콰콰쾅!

백룡의 비늘을 두드리며 요란한 소리가 울렸다. 백룡은 정신을 차리지 못했다.

그때마다 비늘이 터져 나가며 용의 몸에 커다란 상처가 생겼다. 붉은 피가 하늘에서 후두둑 떨어졌다. 백룡의 몸부림에 비와 섞여, 그야말로 피의 비가 내렸다.

홍원은 냉정한 눈으로 백룡을 바라보았다.

드디어 두 눈에 훤히 드러나 보였다. 턱 아래 있는 단 하나의 검은 점.

새하얀 비늘 속에 오직 작은 점 하나가 티끌처럼 검게 묻어 있었다.

역린이다.

홍원이 흑운을 앞으로 내밀었다. 다시금 강기가 뭉쳐 강환이 형성되었다.

홍원은 이미 형성된 강환에 더욱 많은 내공을 불어넣었다.

강환의 크기가 점차 커졌다. 작은 구슬 크기였던 강환이 수박만 해졌다.

홍원은 그런 강환을 다시금 압축했다.

그야말로 압축할 수 있는 한계까지 압축하여 강환을 만들어 냈다. 기존의 강환과는 가지고 있는 기운 자체가 달랐다.

그즈음 홍원이 날려 보낸 강환의 공격이 끝났다.

백룡의 상태는 그야말로 처참했다. 온몸이 찢기고, 짓이겨지고, 파여서는 걸레짝처럼 변해 있었다.

백룡의 두 눈에 두려움이 가득했다.

설마 인간에게 이렇게 당한 것이라고는 상상도 못 한 것이다. 이제야 후회하기 시작했다.

고작 일 이 년이건만.

녀석의 제안을 받아들였어야 했다는 후회가 밀려들었다.

당할 수 없다는 생각이 들자 백룡이 택한 것은 도주였다. 몸을 꿈틀거리기 시작했다.

여의주가 밝은 빛을 뿌리기 시작했다. 그 빛은 용의 몸을 감싸 안았다.

기운 속에 들어가니 몸이 조금씩 회복되기 시작했다.

"어딜."

그 모습에 홍원은 흑운을 휘둘러 강환을 쏘아 보냈다.

그야말로 빛살과도 같은 속도였다. 용이 채 반응하기도 전에 강환은 역린을 꿰뚫었다.

"크아아아아아악. 쿠오오오오!"

백룡이 거센 몸부림을 치며 하늘이 무너질 듯한 비명을 토해냈다. 눈까지 뒤집어졌다.

강력한 힘에 역린이 뚫린 충격 때문이다.

홍원은 이미 이런 반응을 예상했다. 한 번 겪어보지 않았던가.

"터져라."

홍원이 낮게 중얼거렸다. 그 말과 홍원의 의지가 움직이자, 턱 아래 역린을 뚫고 들어가 목구멍에 머물러 있던 강환이 그대로 터졌다.

이루 말할 수 없는 어마어마한 강기의 폭발이었다.

콰콰콰콰콰쾅!

마치 검은 하늘에 또 하나의 태양이 떠오른 듯한 강렬한 빛이 용의 머리에서 터져 나오며 용의 머리가 산산조각이 났다. 그뿐만이 아니었다.

목구멍에서 터진 강기는 용의 식도를 타고, 내장을 타고 줄
줄이 이어지면서 폭발을 일으켜 백룡의 전신이 그야말로 산산
조각이 났다.

후두두두둑.

그렇게 산산조각이 난 용의 살점과 비늘, 피가 비처럼 와사호
에 내렸다.

아래에 있던 세 여인은 그대로 용의 피를 고스란히 맞았다.

멍하니 입을 벌리고 있었기에 입속으로 흘러들어 간 피도 있
었다.

"큽!"

그중 가장 먼저 반응을 보인 것은 단리유화였다. 배 아랫부
분에서 뜨겁게 일어나는 기운을 느낀 것이다. 그녀는 황급히
가부좌를 틀고 앉았다.

기막이 사라져 몸이 비에 흠뻑 젖는 것은 괘념치 않았다.

그저 지금 찾아온 기연을 얻어야 했다. 이어서 모용연과 곡
비연 역시 가부좌를 틀고 앉았다.

너무나 잘게 부서졌기에 홍원에게는 아무런 영향이 없었다.
건질 것도 없었다.

다만 자신이 얼마나 강해졌는지 깨닫게 되었다.

범람을 막아내면서 얻은 기연은 홍원을 이전과는 차원이 다
른 강자로 만들어 버렸다.

"인간이라 할 수 있을까?"

흑운과 단하를 검집과 도갑에 꽂은 홍원은 양손을 가만히

내려다보면서 중얼거렸다.

와사호 주변에 농밀한 기운이 내려 깔렸다.

백룡이 죽으면서 여의주마저 깨졌다. 그 여의주에서 흘러나오는 기운이었다.

바닥에 내려선 홍원은 가만히 호흡을 하는 것만으로도 그 기운을 받아들였다.

두 개의 단전이 서로 내공을 순환시키며, 끝없이 기운을 흡수하고 있었다.

용의 피를 우연히 복용하고 운기에 들어간 세 여인도 대기에 깔린 용의 기운을 흡수했다.

용의 피가 끌어당긴 덕분이다.

홍원은 가만히 그녀들을 지켜보았다.

지금이 가장 중요한 순간이었기에, 이렇게 두고 떠날 수는 없었다.

그사이 빗줄기가 점차 가늘어졌다. 서서히 비가 그치고 있는 것이다. 바람도 잦아들고 더 이상 천둥 번개도 치지 않았다.

검은 구름이 서서히 물러나며 작은 햇살이 구름 사이로 비치지 시작했다.

얼마 만에 보이는 햇빛인지.

그렇게 시간은 흘러갔다. 가장 먼저 눈을 뜬 것은 곡비연이었다. 셋 중 경지가 가장 낮았기에 얻은 것도 크지 않았다.

그저 십 년 정도의 내공을 얻은 것이 전부다. 하지만 그것만해도 큰 기연이었다.

비에 섞여 입안에 들어온 용의 피 몇 방울이 주변의 기운을 끌어당겨 만들어준 내공이었다.

잠시 후 눈을 뜬 것은 모용연이었다. 그녀는 무려 반 갑자의 내공을 얻었다.

그럼에도 세 사람은 말이 없었다.

단리유화가 아직 운공 중이었기 때문이다. 세 사람 모두 무인이었기에 지금이 얼마나 중요한 순간인지 잘 알고 있었다.

그녀가 눈을 뜬 것은 그로부터 한참의 시간이 흐른 후였다. 서서히 물러가던 구름이 완전히 걷히고 따스한 햇살이 대지를 비출 때, 단리유화도 두 눈을 떴다.

조금 전과는 분위기가 완전히 달라져 있었다.

또 한 단계의 벽을 넘은 것이다. 홍원이 백룡과 싸우는 모습을 보고 느낀 것이 있었기 때문이다.

그렇게 문득 깨달음이 찾아왔다. 그리고 용의 피로 인한 기연까지.

"대성을 축하드립니다."

홍원이 담담히 말했다. 그녀가 얼마나 강해졌는지 대번에 느낄 수 있었다.

홍원의 말에 모용연이 정신을 차렸다.

"축하해요, 언니!"

"축하드립니다, 단리 소저."

곡비연도 조용히 축하의 말을 전했다.

"감사합니다. 모두 장 공자 덕분이에요."

단리유화가 홍원을 향해 깊이 고개를 숙였다.

"모두 소저가 노력한 덕이오."

홍원은 고개를 저었다.

와사호 주변은 언제 그런 폭풍과도 같은 싸움이 있었냐는 듯 평화로운 풍경을 되찾았다.

호수의 물도 이제는 잔잔해져 있었다.

비가 그치고 먹구름이 물러간 후 내리쬐는 햇살에 상쾌한 내음이 가득했다.

"상공은 대체 어떤 분인가요?"

문득 곡비연이 물었다.

"흐음, 그저 평범한 보통의 무인이지."

곡비연의 물음에 홍원은 대수롭지 않게 답했다. 조금 전만 하더라도 자신이 과연 인간의 범주에 들까란 고민을 했지만, 금세 답을 냈다.

세 여인이 운공하는 모습을 보며 얻은 답이다.

자신도 저들과 다를 바 없는 그냥 보통 사람이다. 단지 조금 더 강할 뿐.

그렇게 결론을 내린 것이다.

그런 홍원의 대답에 세 여인은 어이없는 얼굴을 했다.

그녀들의 눈앞에서 용을 산산조각 냈다. 그런 사람이 그저 평범한 보통 무인이라니.

'어쩌면 내가 담아내기에는 너무 큰 사람일지도 모르겠어요, 어머니.'

곡비연은 그런 홍원의 뒷모습을 보며 생각했다. 어머니의 명령도 있었지만, 그녀 개인의 호감도 있었기에 홍원을 따라 움직였다.

하지만 오늘 그녀는 직감했다.

너무도 큰 사람이기에 자신으로서는 이렇게 뒤에서 쫓는 것만으로도 벅차다고. 그 옆에 서기는 힘들 것 같다고.

그럼에도 곡비연은 홍원의 뒤를 쫓았다.

결과는 알지만, 그렇다고 그냥 포기하기에 눈앞의 남자가 어디까지 가는지 궁금했다.

그래서 쉬이 걸음을 멈출 수 없었다.

그녀의 앞에서 걷고 있는 두 여인의 몸에서 빛이 나는 것 같았다.

아마 자신보다는 저 둘이 조금은 더 어울리지 않을까?

'그렇다고 순순히 물러설 수는 없지.'

그렇게 마음먹은 곡비연은 걸음을 빨리했다.

'이 사람은 너무 대단한 거인이야.'

모용연은 깊은 생각에 잠겨 홍원의 뒤를 따랐다. 그와의 첫 만남이 떠올랐다.

문득 얼굴이 붉게 물들었다.

아무것도 모르는 천방지축이었다. 모용혜에 대한 걱정이 그런 행동을 가능하게 한 것이었으리라.

결국 모용혜를 구해준 것도 그가 아니던가.

오늘 그가 보여준 신위는 어떻던가. 그 모습을 떠올리니 얼굴이 다시금 붉어졌다.

조금 전과는 조금은 다른 빛이었다.

가슴이 살짝 뛰고 있었으나, 모용연은 애써 아니라고 외면했다.

단리유화는 두근거리는 가슴을 애써 억눌렀다. 이번의 기연은 대단했다.

내공이 무려 일 갑자가 늘어났다. 거기에 더해 깨달음까지.

이제 묵천붕뢰권의 모든 초식을 자유자재로 펼침은 물론, 그 너머의 무엇까지 모이는 듯했다.

'뛰어넘었다.'

그녀는 굳이 몸으로 펼치지 않아도 알 것 같았다.

자신을 그토록 깊은 절망의 구렁텅이로 밀어 넣었던 원수, 신도운악의 생전 무위를 뛰어넘었음을 말이다.

그녀의 두 눈이 붉어지며, 촉촉해졌다.

비록 홍원의 손에 그 목숨이 다했지만, 이제야 그녀 자신의 복수를 완성한 것만 같았다.

홀가분해졌다. 인식하지 못했지만 어깨를 짓누르던 짐이 사라진 것만 같았다.

이 경지에 들고서야 깨닫게 된 사실이다.

'유철아, 편히 눈을 감아. 이제 다 끝났어.'

단리유화는 마음속으로 그렇게 동생에게 말했다. 마치 동생이 웃으며 고개를 끄덕이는 듯한 환상이 보이는 것 같았다.

그런 동생의 환상 너머로 한 남자의 등이 보였다.

'장 공자······.'

모두 그를 만났기에 이룰 수 있는 일이었다.

폭풍과도 같은 날이 지나갔다. 마을 사람들은 여전히 겁에
질려 있었다.

그들은 홍수가 나 마을이 사라질 위기에 처했을 때보다 더
욱 두려움에 떨었다.

대륙에서 용이란 그런 존재였다.

그들은 모두 보지 않았던가. 하늘을 날아올랐던 백룡이 산
산조각 나는 모습을.

이게 대체 무슨 징조인지 알 수가 없으니 그저 두려워할 뿐
이다. 인간이란 어리석은 존재였기에.

설마 그렇게 용을 산산조각 낸 인간이 그들의 마을에서 쉬
고 있을 것이라 누가 상상이나 했을까. 아니, 사람이 용을 죽인
다는 상상 자체를 할 수 없다.

백룡의 출현은 순식간에 각 세력으로 전해졌다. 묵룡 때와
다르게 승천하지 못하고 온몸이 산산조각이 나서 죽었다는 것
까지 전해졌기에 대륙이 바빠졌다.

각지의 정보 조직에서 조사를 위해 사람을 보내고, 각 세력
들은 연일 회의에 정신이 없었다.

기록된 천 년 동안 용을 보았다는 전설만 있을 뿐, 명확한
기록은 없었다. 그런데 불과 일 년도 되지 않는 사이에 벌써
두 마리의 용이 나타났다.

대륙이 뒤숭숭해질 수밖에 없었다.

제루원의 아이들 역시 겁에 질려 있었다. 그 모습을 확인한 홍원은 쓰게 웃었다.

'물속에서 마무리 지었어야 했나?'

그랬다가는 와사호의 물이 마을을 덮칠 것 같았기에 굳이 백룡을 물 밖으로 튕겨내 처리한 것이다. 하지만 이런 부작용이 있을 줄이야.

오랜만에 밝은 햇빛이 마을을 비춤에도 사람들의 얼굴에는 그늘이 드리워 있었다. 용의 죽음이 나쁜 징조로 받아들여진 것이다.

시간이 지나면 해결해 줄 일이리라.

홍원은 그리 생각하고 제루원의 아이들을 달래는 데 집중했다. 아이들은 아이들이었다.

푸짐한 먹을거리에 언제 겁에 질려 있었냐는 듯 하나둘 얼굴이 밝아졌다.

그렇게 사흘을 보냈을 때, 홍원은 세 여인과 마주했다.

"어찌 된 연유인지 말씀 좀 해주세요, 상공."

곡비연이 물었다. 이렇게 뻔뻔하게 나설 만한 이는 셋 중 그녀밖에 없었다.

그녀들은 그 어마어마한 광경을 직접 목격했으니, 궁금증이 이는 것은 어쩔 수가 없었다. 사실 아직도 그때 본 것이 현실인지 믿을 수가 없었다.

단리유화와 모용연의 눈빛 역시 곡비연과 같은 말을 하고 있었다.

홍원은 낮게 한숨을 쉬고 천천히 그날의 일을 이야기해 주었다. 묵룡과 싸운 적이 있다는 부분은 숨겼기에 약간의 각색이 있었다.

잠시 동안의 이야기가 끝이 나자 세 여인은 경악 가득한 얼굴로 홍원을 바라보고 있었다.

전력을 다해 범람을 막는 와중에 용의 기운을 느꼈다. 그리고 용이 풍우뢰를 부린다는 전설에 혹시나 해서 호수로 갔다가 용을 만나서 싸웠다.

대화가 통해서 다른 곳으로 갈 것을 부탁했으나 거절당해서 죽일 수밖에 없었다.

동네 뒷골목의 건달 하나와 싸운 듯이 이야기하는데 그 내용이 어마어마했다.

홍원이 상대한 것은 건달이 아니라 용이었으니까.

"하지만… 무려 이천 년 전부터 와사호에 있었다니… 사실 이곳의 주인은 그 백룡이 아니었을까요?"

다들 머릿속을 정리하느라 침묵하는 가운데 모용연이 입을 열었다. 그녀의 말에 홍원이 고개를 끄덕였다.

"그가 주인이라면 주인이겠지요. 이곳의 사람들은 그가 조용히 자고 있는 세월에 허락도 없이 자리 잡은 불청객이고요. 그리고 나는 아마 강도쯤 되겠군요."

그리 말하는 홍원의 표정에는 변화가 없었다.

"그에게 있어서는 너무나 억울한 일이지만… 어쩔 수 없었습니다. 저는 결국 사람이니까요."

많은 의미를 담은 말이다.

"이곳이 백룡의 영역이니, 모든 마을 사람들에게 떠나자고
할 수는 없었습니다. 한탄 마을뿐 아니라, 한탄천과 태장강에
서 살아가는 모든 사람들에게 재앙이 될 수도 있으니까요."

"아."

홍원의 말에 모용연이 낮은 탄성을 냈다. 그녀는 미처 거기
까지는 생각지 못했었다.

"승천을 준비하는 과정만으로도 이런 재해가 있었습니다. 우
기와 맞물려 승천을 한다면, 어떤 일이 벌어질 것인지 상상도
못 하겠더군요. 그래서 부탁을 했으나 거절당했지요."

홍원의 말에 세 여인은 존경심 가득한 얼굴로 홍원을 바라
보았다.

"녀석이 이곳의 주인이라 하더라도… 그 이유만으로 물러서
기에는 너무 많은 것이 걸려 있었지요."

그랬다. 이천 년 전의 와사호 주인에게 맞서야 할 만한 무게
의 이유가 있었다.

"뭐, 처음에 다짜고짜 공격한 것은 사실 화풀이가 컸습니다."

홍원이 계면쩍은 얼굴로 말했다.

놈으로 인해 마을에 범람이 일었다는 분노에 일단 용을 구
축(驅逐)하겠다는 마음으로 공격을 시작했었다.

"저도 보통 사람이니까요."

그랬다.

자신의 감정에 충실한 보통 사람.

그러나 세 여인의 표정은 바뀔 줄을 몰랐다. 화가 난다고 용에게 화풀이를 할 수 있는 사람이라니.

"모용 소저께서는 이곳에서 너무 지체하신 것 아닙니까?"

태장강의 범람을 대비해 주변을 둘러본다고 했던 것을 기억했다.

"워낙 큰일이었으니까요. 장 공자님께서는 언제까지 이곳에 계실 건가요?"

"오늘 중으로 떠나려고 합니다. 제가 더 있을 일은 없을 것 같아서요."

홍원의 대답에 모용연의 얼굴로 아쉬운 기색이 스쳤다. 함께 하고 싶으나, 그녀에게는 그녀의 일이 있었다.

"언니는 어떻게 할 거예요?"

모용연의 시선이 단리유화에게 향했다. 그녀는 이곳에서 우연히 이들과 만나지 않았던가.

단리유화가 조용히 모용연과 홍원을 바라보았다. 그날 호수에서 돌아오며 홍원의 뒷모습을 바라보던 때가 떠올랐다.

"장 공자, 행선지를 알 수 없지만 함께할 수 있을까요?"

단리유화의 갑작스러운 말에 홍원이 흠칫했다. 설마 그녀가 자신과 함께 움직이겠다고 할 줄은 몰랐다.

곡비연의 눈이 샐쭉해졌다. 강력한 경쟁자가 붙어버렸다.

"제가 예전에 후원했던 곳들을 돌아볼 요량으로 떠난 길인 지라… 문제는 없습니다."

홍원의 대답에 단리유화가 미소를 지으며 고개를 끄덕였다.

"그럼 잘 부탁해요."

모용연의 시선이 곡비연을 향했다. 무언의 물음이다. 그 의미를 아는 곡비연이 눈웃음을 치며 말했다.

"저야 당연히 상공이 가시는 곳으로 가야지요."

입을 살짝 가리고 웃는 모습에서 절로 은은한 색기가 흘러나왔다. 그 모습에 모용연은 속으로 낮은 한숨을 쉬었다.

자신은 절대 저럴 수가 없기에 나오는 한숨이다. 꼴 보기 싫다는 생각이 들면서도 한편으로는 부러웠다. 저렇게 당당하게 적극적일 수가 있다는 것이 말이다.

모용연은 은근한 눈으로 홍원을 바라보다가 먼저 자리에서 일어났다. 그녀에게는 할 일이 있었다. 경천회의 임무를 가지고 온 것이 아니던가.

"저는 수하들에게 가봐야 할 것 같아요. 저희도 이제 다른 마을로 갈 준비를 해야 해서요."

그렇게 모용연이 방을 나서고, 이어서 다른 두 여인도 방을 나섰다.

홍원만이 홀로 방에 남았다.

정확히는 진영의 방이었다. 극구 그녀가 부탁해서 이 방에 머물고 있지만, 불편했다.

자신이 이곳에 머물지 않으면 그녀가 더욱 불편할 것을 알기에 머물 뿐이다.

홍원은 가부좌를 틀고 두 눈을 감았다.

그렇게 명상에 빠졌다. 홍원은 금세 몰아지경에 들었다. 한 탄 마을에 와서 얻은 것이 너무 많았다.

그것을 정리하려면 얼마의 시간이 필요할까.

다음 날 아침.

먼저 길을 나선 것은 홍원이었다. 간밤에 무슨 일이 있었는지 홍원은 더욱 평범해져 있었다.

"은인께서 이리 가시니 정말 죄송스럽기만 합니다."

진영은 연거푸 허리를 숙였다. 홍원이 그런 진영의 손을 꽉 잡았다.

"그간 신경을 못 써 제가 더 죄송합니다. 앞으로도 잘 부탁드립니다."

홍원은 상당량의 전표를 진영에게 건넸다. 이 정도면 당분간은 아무 문제 없이 제루원을 운영할 수 있을 것이다.

"장 공자님, 그럼 다음에 또 뵐 수 있기를 바랄게요."

"모용 소저께서도 무탈하시길 바랍니다."

모용연과 인사를 나눈 후 홍원은 걸음을 옮겼다. 그 뒤로 단리유화와 곡비연이 따랐다.

홍원이 만들어놓은 수로는 아예 정비해서 제대로 된 수로로 사용하기로 했다. 경천회에서 보낸 인부들이 마을 사람들과 함께 수로 공사에 한창이었다.

아직은 맑은 하늘이었지만, 곧 진정한 우기가 시작된다. 그 전에 정비를 마쳐야 하기에 사람들은 구슬땀을 흘리고 있었다.

그 모습을 보면서 홍원은 북쪽으로 향했다.

"이걸 나보고 믿으라는 말이로군."

교하운이 보고서를 보며 어이가 없다는 듯 중얼거렸다.

"믿어야 합니다. 그니까요."

하후필의 말에도 교하운의 얼굴에는 의심이 가득했다.

"운이 좋았는지, 경천회에 심어둔 우리 쪽 사람이 한탄 마을에서 직접 본 것입니다. 믿지 않을 도리가 없지요."

문인백송의 말이다.

사혈궁에서 경천회에 심어놓은 세작이 마침 이번 모용연의 수하로 함께했었기에 교하운은 다른 곳보다 훨씬 빠르고 정확한 정보를 얻을 수 있었다.

"필아."

"네, 궁주님."

"어제 막 일 마치고 돌아와서 미안한데……."

교하운의 말에 하후필이 몸을 부르르 떨었다. 가뜩이나 홍수를 대비해 태장강 주변의 마을들을 정리하고, 홍원이 저지른 일 때문에 채미성까지 다녀오지 않았던가.

무수한 업무들 중 급한 것을 막 정리하고 복귀한 터라 이제야 한숨을 돌리나 했다.

"와사호에 가보라는 말씀이십니까?"

하후필의 물음에 교하운이 고개를 끄덕였다.

"산산조각이 나서 흔적도 없다고는 하지만… 그래도 파편 같은 게 주변에 있을 거 같은데. 그런 거 몇 개만 주워 와도 대박이지 않을까?"

교하운의 말에 하후필의 얼굴이 일그러졌다.

"제 생각 역시 궁주님과 같습니다."

교하운의 얼굴에 욕심이 어렸다. 꼭 맛있는 음식을 탐할 때의 얼굴이다.

"용의 비늘 몇 장만 구해서 창으로 만들 수만 있으면 굉장할 거 같은데 말이야."

그리 말하는 교하운의 시선은 하후필을 향해 있었다.

"그러셔도 그 친구는 못 이기실 것 같습니다만."

다시 부과되는 업무에 뿔이 난 하후필이 얼굴을 샐쭉거리며 말했다.

"응? 그거야 그렇지. 이번 소식 들었잖아. 용을 잡았다고, 용을. 그게 인간이야? 인간은 인간들끼리 다퉈야지. 숭무련이나 경천회랑 말이야."

자신의 도발을 아무렇지도 않게 넘긴 주군의 반응에 하후필은 한숨을 쉬었다.

"후우, 와사호는 엄연한 경천회의 영역입니다. 게다가 당시에 모용연이 같이 있었고요. 이미 경천회 무사들이 쫙 깔렸을 겁니다."

하후필의 말에 당연하다는 듯 교하운이 고개를 끄덕였다.

"그러니까 필이 자네가 가라는 거야. 아무나 보내면 잡히기밖에 더 하겠어. 그래도 혹시 모르니 초도 데리고 가고."

그 말에 아무 말 없이 가만히 있던 야율초가 움찔했다.

머리 쓰는 쪽과는 거리가 먼 그인지라 요즘 일이 별로 없어서 한가한 나날을 보내고 있었다. 그런 와중에 갑자기 떨어진 일에 울상이었지만 내색하지는 않았다.

그랬다가는 어떤 일이 또 떨어질지 몰랐으니까.

"알겠습니다, 하아."

깊은 한숨과 함께 하후필은 교하운의 집무실을 빠져나갔다. 그 뒤로 야율초가 축 처진 어깨로 나갔다.

별것 아닌 듯 말했지만, 굉장히 어려운 임무다.

이 소식은 대륙 전역에 퍼질 것이고, 세상의 눈이 와사호에 집중될 테니.

경천회의 경계가 오죽 삼엄하겠는가.

그랬기에 교하운이 가장 믿는 두 수하를 보내는 것이다.

"무사들을 더 보내야 합니다."

심온이 안달이 난 얼굴로 말했다. 그러나 모용백은 아무 말이 없었다.

그는 무심히 딸이 전한 서신에 눈을 두고 있을 뿐이다.

"흐음, 연아에게 함께 움직이라고 할 걸 그랬나?"

"네?"

모용백의 말에 심온이 되물었다.

"나는 말일세, 정략혼 같은 것을 혐오하는 편이야. 세력의 미래를 위해 자식의 미래를 희생시키다니… 어디 사람이 할 짓인가?"

모용백의 말에 심온이 고개를 끄덕였다. 그것은 경천회의 오
랜 성향이었다. 당장 눈앞의 회주도 사랑하는 여인을 만나 두
딸을 두지 않았던가.

"해서 연아가 마음 가는 대로 두고 있었는데… 이번에는 실
수한 것 같아."

이미 한탄 마을에서 홍원과 만났다는 보고를 받은 터였다.
그때 모용백의 답은 임무에 충실하라는 것이었다.

"그게 무슨 말씀이십니까?"

"이 보고를 보니, 그 녀석의 마음도 장 공자에게 있는 것 같
군. 본인이 아직 정확히 모를 뿐."

모용백은 서신의 행간을 보며 확신하는 듯 고개를 끄덕였다.

"그 생각 중이셨습니까?"

심온은 허탈하게 말했다. 와사호 주변을 철저히 경계하고 혹
시라도 남아 있을지 모를 부산물을 찾아야 했다. 그 때문에 그
토록 안달이 났던 것인데, 회주는 다른 곳에 마음을 쓰고 있었
다.

"그깟 산산조각 난 용의 부산물이 대수인가? 딸아이가 용보
다 대단한 존재에게 마음이 가 있는데, 쯧쯧."

모용백이 혀를 차며 말했다. 그것이 아비의 마음이었다.

단리유화와 곡비연과 함께 떠나는 홍원의 모습을 보며 모용
연이 심경의 변화를 겪은 듯했다.

하지만 이미 지난 일이다. 모용백은 안타까웠지만 어찌할 수

없었다.

　이렇게 될 일이었다면, 진즉에 함께 움직이라 전하지 못한
것을 후회할 뿐.

第五章
마도팔문
—(魔道八門)

감았던 두 눈을 스르르 떴다. 밝은 안광이 뿜어져 나왔다.

"후우."

깊은 호흡과 함께 내부의 기운을 정리했다.

"좋군."

구양벽의 입가에 모처럼 미소가 어렸다. 전화위복이라 했던가.

일 년 전의 그 처참한 패배 이후 당시의 내상을 치유하기 위해 폐관에 들었다.

그 무지막지한 괴물이 보여준 일격. 그것에서 어떤 깨달음의 단초까지 얻었기 때문이다.

허필의 철마대가 그 괴물의 손에 괴멸되었기에 폐관에 드는 데는 아무 문제가 없었다.

반대 세력이 없었으니, 구양진극에게 마황성을 맡겨도 될 일이었으니까.

　괴물이 보여준 어마어마한 위력의 검의 참격은 구양진극에게 새로운 깨달음을 주었다.

　"구화마룡검법(九禍魔龍劍法). 이미 완성했다고 여겼었건만… 그 끝이 없었어."

　구양벽은 담담히 중얼거렸다.

　아홉 초식의 구화마룡검법 중 마지막 초식은 패도적이기 짝이 없었다. 구양벽 스스로 그것이 패도의 끝이라 생각했었다.

　홍원의 그 참격을 보고 그런 생각이 산산이 깨지고, 새로운 깨달음을 얻게 된 것이다.

　마황성의 입장에서는 비참한 패퇴였지만, 구양벽으로서는 나름의 수확이 있는 전쟁이었다.

　반대 세력을 숙청했고, 자신은 몇 단계 더 강해졌다.

　내상을 치유하고, 깨달음을 궁구하면서 동시에 기연을 얻었다.

　그의 피부가 더욱 매끄러워져 있었다. 머리카락도 윤기가 가득했다.

　그의 주변으로 가루가 흩날리고 있었다.

　폐관 연공실 안으로 악취가 가득했다. 하지만 구양벽은 자신이 겪은 환골탈태의 여운을 즐기느라 그런 것에는 아랑곳하지 않았다.

　그의 나신은 노인의 그것이 아니었다.

"이제 그 괴물을 어느 정도 상대할 수 있을까?"

문득 그런 의문이 들었다.

일 년의 세월. 그동안 그 괴물도 가만히 있지는 않았을 테니 불가능할 거란 생각이 들었지만, 그래도 작은 기대가 생기는 것은 어쩔 수 없었다.

그만큼 이번 폐관에서 얻은 것이 대단했다.

구양벽이 연공실의 문을 열고 나왔다. 갇혀 있던 악취가 훅 하고 주변으로 퍼져 나갔다.

문의 입구를 지키던 무사들이 갑자기 훅 들어온 악취에 얼굴을 찡그렸다가, 모습을 드러낸 구양벽을 보고 황급히 허리를 숙였다.

그중 선임자가 자신의 장포를 벗어 구양벽의 몸을 둘러주었다.

"그동안 마황성에 특별한 일은?"

"아무 일도 없었습니다."

구양벽의 물음에 그는 허리를 숙이며 답했다.

"대륙은?"

"그것이……."

그는 섣불리 대답하지 못했다. 요 일 년 동안 그야말로 시끄러웠으니 말이다.

"진극을 만나봐야겠구나. 대전으로 간다."

"네!"

구양벽이 폐관을 마치고 나왔다는 소식이 순식간에 전해졌다. 대전으로 향하던 구양벽은 잠시 자신의 방으로 걸음을 돌렸다.

아무래도 자신의 몸에 남아 있는 악취가 거슬린 것이다.

목욕을 마치고 옷을 갖춰 입으니 구양진극이 찾아왔다. 굳이 그가 대전까지 갈 일이 없었던 것이다.

"대성을 축하드립니다, 아버님."

폐관 연공실을 지키던 무사들에게서 올라온 보고에 구양진극은 구양벽이 환골탈태를 이루었음을 짐작했다. 그리고 실제로 뵌 아버지의 모습은 대단했다.

이제는 자신이 더 늙어 보일지도 모른다는 생각이 문득 들었다.

"그래, 고맙다. 앉거라."

구양벽이 다탁에 앉으며 말하니 구양진극이 마주 앉았다. 시비가 빠르게 차를 준비했다.

"환골탈태까지 하실 줄은 몰랐습니다."

구양진극의 말에 구양벽은 은근한 미소를 지었다.

"그 괴물이 보여준 그 참격을 떨쳐내려고 하다 보니 그리되었다."

"그 말씀은……."

"나 또한 그 참격을 내려칠 수 있게 되었다는 것이지."

"허!"

아버지의 말에 구양진극은 짧은 탄성을 내뱉었다.

"물론 한 번이 한계다. 내 모든 내공을 사용해서… 실제로는 사용할 수 있을지 모르겠구나."

"구화마룡검법에 그런 오의가 있었습니까?"

구양진극 또한 구화마룡검법을 익히고 있지 않던가.

"궁구하고 궁구하니 있더구나. 우리는 아직 무라는 깊은 바다의 아주 얕은 곳에 있을 뿐이다. 무공에는 그 끝이 없음을 이번에 절실히 느꼈다. 내가 얻은 심득은 연공실의 벽에 남겨두었다."

오로지 성주와 성주의 허락을 얻은 이만이 들어갈 수 있는 연공실이었다. 구양벽은 혹시 모를 일을 대비해 자신의 깨달음을 남긴 것이다.

"구화, 마룡천참은 능히 그런 참격을 펼칠 수 있는 초식이었다."

구화마룡검의 마지막 초식, 극패를 추구하는 마룡천참이었기에 가능했다는 말이다.

"그간 성에는 별일이 없었다고 들었다만⋯ 대륙의 정세는 어땠느냐?"

구양벽의 물음에 구양진극의 얼굴이 어두워졌다.

"그야말로 시끄러웠지요."

구양진극은 천천히 그간의 일을 이야기했다.

그 말을 모두 들은 구양벽의 얼굴이 딱딱하게 굳었다.

"허어, 이번의 심득으로 그 괴물의 일 검은 받아낼 수 있지 않을까 했건만⋯⋯."

부질없었다.

작은 기대는 무참히 깨졌다. 용을 산산조각 내는 인간이라
니.

그야말로 괴물이다.

자신이 괴물이라 부르면서도 자꾸 인간의 범주로 그를 생각
하는 것 같았다.

"문제는 그가 얼마 전에 본 성의 영역에 들어섰다는 겁니다."

"무슨 일로? 설마 아직 일 년 전의 그 일 때문이냐?"

구양벽은 당시 자신이 차도살인지계로 홍원을 이용한 사실
을 떠올렸다. 그가 그 사실을 깨닫고 내려친 참격에 얼마나 놀
랐던가.

"아닙니다. 천이각의 보고로는 고아원이나 오갈 데 없는 사
람들을 보살피는 곳들을 돌아보고 있다고 합니다. 사혈궁의 영
역에서 경천회를 거쳐 저희 영역으로 들어선 겁니다."

"대륙을 한 바퀴를 돌 생각인 건가?"

구양벽이 고개를 갸웃거렸다.

"어찌 된 영문인지 모르겠습니다만… 그런 곳을 후원하고 있
다고 하더군요. 천이각에서 알아본 바에 따르면 제법 오랜 세
월 그래왔다 합니다."

구양진극의 말에 구양벽이 생각에 잠겼다.

"그가 무슨 돈이 있어서 오랜 세월을 그랬다는 거지?"

"천이각도 알아내지 못했습니다. 그보다는 큰 문제가 있습니
다."

"뭐냐?"

"그가 그렇게 찾는 곳마다 모두 쑥대밭이 되어 있습니다."

그게 구양진극의 얼굴이 어두운 진정한 이유였다.

"쑥대밭?"

"네. 아무래도 마도인들이 약탈을 한 것 같습니다."

"흠."

구양벽이 침음을 삼켰다.

황제에게 권력을 위임받아 이곳을 지배하기는 한다. 하지만 그야말로 최소한의 지배였다.

마황성은 마도인들이 만든 세력이다. 그 정점이 바로 구양가문이었다.

마도인들이 추구하는 가치는 간단했다.

강과 패.

강한 것이 곧 법이었다.

그랬기에 고아들이 모인 곳을 마도인들이 약탈했다는 것도 이해는 갔다.

그간 힘을 키우고 내실을 다지느라 그들의 본성을 꾹꾹 눌러왔으니 안에서 그런 식으로 작게나마 터뜨리고 있었으리라.

게다가 지난 경천회와의 전쟁에서 패퇴함으로 인해 생긴 비용도 있었다.

마황성에서 하부 조직들에게 그 비용을 뽑아내니, 그들이 택할 수 있는 가장 간단한 방법이 약탈이었다.

사실 그들의 논리대로라면 전혀 문제될 것이 없었다.

단지 이번에는 문제였다.

하필이면 그 괴물이 후원하던 곳이 그리되었으니 말이다.

"어찌 되었느냐?"

"약탈했던 문파들이 박살 났습니다."

당연한 일이다. 그 괴물의 성격이라면 절대 그냥 넘어가지 않았으리라.

"문제는……."

"문제는?"

"계속해서 우리 영역 안을 움직인다는 겁니다."

"왜?"

그 말에 놀라서 구양벽이 짧게 물었다.

"장죽. 그것이 그의 가명입니다. 그 이름으로 후원을 했더군요. 천이각에서 전력을 다해 조사하니 우리 영역에 장죽이란 자가 후원을 했던 곳이 모두 스물세 곳이 있습니다. 그곳을 모두 돌아볼 생각인 듯합니다."

구양벽의 안색이 어두워졌다.

"그중 살아남은 곳은?"

"후우, 다섯 곳이었습니다만… 확인한 후 최대한 빨리 손을 썼지만, 그사이 한 곳이 더 망가져서 네 곳 남았습니다."

폐관을 마치자마자 골이 지끈거렸다.

"지금까지 거쳐간 곳은?"

"세 곳입니다."

"아직 열여섯 곳이 남았다는 건가?"

답답한 얼굴로 중얼거리니 구양진극이 고개를 저었다.

"그 네 곳도 살아남았다 뿐이지, 인근의 문파가 지속적으로 약탈을 한 듯합니다. 빨대를 꽂아 서서히 말려 죽이듯 그런 모양입니다."

"하아."

한숨이 절로 나왔다.

"결국 최소 스무 곳의 문파가 작살이 날 예정이란 말이군."

"그럴 듯합니다."

갑갑하고도 갑갑했다.

이 일을 어찌 해결해야 한단 말인가.

그들은 모두 마황성의 귀중한 전력이었다. 선우 황실을 상대하기 위해 은밀히 준비한 힘들의 바닥을 받쳐줘야 할 이들이었다.

그들이 한 사람의 손에 지워지고 있었다.

당연히 마황성이 그들을 보호해 줘야 한다. 그렇기에 그들이 마황성의 산하에 있는 것 아닌가.

하지만 상대가 너무 나빴다. 도저히 어찌할 수 없는 이가 아닌가.

"하부 문파들의 반발이 거세겠군."

구양벽의 말에 구양진극이 고개를 숙였다.

"좀 복잡합니다. 마도팔문(魔道八門)이 끼어 있습니다."

마도팔문(魔道八門).

마황성 하부의 수많은 문파들 중 마황성의 주축이 되는 여덟 곳이었다. 그만큼 마황성 요직에 마도팔문 출신들이 많았다.

마황성주도 쉬이 무시할 수 없는 곳들이었다.

구양벽이 홍원의 손을 빌어 처단한 허필 역시 마도팔문 중 철혈문 출신이었다. 허필이 반대 세력을 이룰 수 있었던 것도 철혈문이라는 배경이 있었기 때문이다.

당시 구양벽이 마도팔문 중 유일하게 굴복시키지 못한 곳이 철혈문이었던 것이다.

"마도팔문이? 그놈들이 뭐 때문에 그런 삼류 잡배 같은 짓거리를 한 거지?"

"그것이… 자혜원(慈惠阮)이라는 곳의 원주가 상재가 출중했던 모양입니다. 장죽에게 후원받은 금액의 일부를 굴려서 무척 많은 재산을 만들었습니다. 그걸로 다시 고아들을 돌보고요."

"그리고 거기에 빨대를 꽂았다? 몇 곳이나?"

"두 곳입니다."

어이가 없었다. 마도팔문이나 되는 곳이 고작 고아원의 재산을 노리다니.

"지난 전쟁의 패배 이후에 그런 모양입니다. 그들도 돈 나올 구멍을 찾다가 발견한 거지요."

할 말이 없었다.

지난 전쟁의 패배는 오롯이 자신들의 책임이었다. 움직이지 않았으면 입지 않았을 피해였으니.

문제는 지난 전쟁의 패배를 선사한 괴물과 관련이 있는 곳들을 건드렸다는 것이다.

"두 곳은 어디야?"

"혈검문(血劍門)과 천독문(千毒門)입니다."

골이 지끈거렸다. 구양벽은 한 손으로 양 관자놀이를 주물렀다. 뻐근하니 답답했다.

"그쪽도 이런 걸 알고 있나?"

"누군가가 산하 문파를 습격하고 있는 것은 알고 있습니다만… 그가 소검선 그자라는 것과 그 이유는 모르고 있습니다."

"그러면 징징거리고 있겠군."

"네. 흉수를 처리해야 한다는 이야기가 조금씩 흘러나오고 있습니다."

구양벽은 손가락으로 다탁을 톡톡 두드렸다.

"네 생각에는 처리할 수 있을 것 같으냐?"

"말도 안 되는 일이지요. 폭풍은 피하는 것이 상책입니다."

그 말에 구양벽이 고개를 끄덕였다.

"회의 소집 하거라. 일단 이 상황을 모두 알리는 것부터 시작해야겠다. 그동안 수고 많았다."

"네, 알겠습니다."

그렇게 구양진극은 구양벽의 방에서 물러났다.

구양벽이 그렇게 폐관 수련을 마치기 십수 일 전.

홍원은 현판을 하나 마주하고 있었다.

수라파(修羅派).

"이름은 아주 그럴 듯하군."

담담히 중얼거리는 홍원의 목소리에는 잔잔한 분노가 가득했다.

　마황성의 영역에 들어 홍원이 후원했던 고아원이 있는 마을
을 찾았다. 그곳에서 홍원을 기다리고 있던 것은 폐허로 변한
고아원이었다.

　마을 사람들에게 물어물어 어찌 된 연유인지 알게 되었다.
그 과정에서 곡비연의 도움이 컸다.

　그렇게 찾아온 마도 문파였다. 문은 굳게 닫혀 있었다.

　쾅!!!

　홍원의 손짓 한 번에 문이 박살 나며 날아갔다. 홍원은 저벅
저벅 걸음을 옮겨 안으로 들어갔다. 단리유화와 곡비연이 그
뒤를 따랐다.

　"웬 놈이냐!!"

　갑작스러운 소란에 무사들이 우수수 쏟아져 나왔다.

　대략 오십 명 정도 되어 보였다. 그들이 홍원 일행을 둘러쌌
다.

　잠시 후 그렇게 홍원 일행을 포위한 곳의 한쪽이 열리며 중
년인 하나가 모습을 드러냈다.

　"네놈은 누구냐? 어찌 본 파에 와서 소란이냐?"

　그리 홍원을 추궁하는데 그의 눈은 단리유화와 곡비연에게
향해 있었다.

　음심이 가득한 눈이었다.

　"휴휴원이라고 알고 있나?"

홍원은 낮게 물었다.

"휴휴원?"

홍원의 물음에 잠시 기억을 더듬던 그는 고개를 끄덕였다.

"아, 그 애새끼들 모아놓은 쓸데없는 곳?"

그 말에 홍원이 입술을 살짝 깨물었다.

"왜, 그곳과 관련이 있는 놈이냐?"

수라파의 문주로 보이는 이 사내는 딱 이류였다. 눈앞에 절대고수가 있음에도 알아보지도 못한 채 이죽거리고 있었다.

"이 년 전에 네놈이 그런 것이냐?"

홍원의 음성에는 분노가 가득했다.

"크크, 그렇지. 그때 재미가 좋았는데 말이야."

"아이들은?"

"덤비는 놈은 저세상으로 보내주고, 얌전한 놈들은 팔았지. 크크, 네놈도 그 꼴 당하기 싫으면 곱게 꺼져라. 우리 수라파의 문을 부순 값은 네놈 목숨으로도 갚을 수 없다만, 함께 온 년들을 고이 두고 가면 된다."

그 말에 단리유화의 두 눈에 살기가 어렸다. 그녀의 역린과도 같은 부분을 그가 건드린 것이다.

하지만 나서지는 않았다.

그녀의 앞에 있는 홍원이 더욱 강렬한 분노를 태우고 있었으니.

"왜 그랬나?"

홍원은 마지막 인내심을 발휘해 물었다.

"왜 그랬냐고? 우리는 마도다, 큭큭. 강한 자가 곧 법이지. 그 놈들은 약했고, 돈을 가졌어. 그뿐이지. 그런 고로 네놈도 어서 꺼져라."

그는 허리에 찬 대도를 뽑아 들고 혀로 그것을 핥으며 말했다. 공포감을 조성하기 위한 행동이리라.

그의 행동이 신호라도 된 것일까? 홍원을 둘러싼 이들이 모두 각자의 병기를 꺼내 들었다.

가소롭디 가소로웠다.

이들은 지금 사신의 칼날 앞에 목을 들이밀었다는 사실을 알고 있을까?

"강한 자가 법이라……."

홍원은 낮게 읊조렸다.

"그렇다면 네놈들의 방식을 따라줘야지."

홍원은 참고 있던 분노를 터뜨리며 기세를 일시에 뿜어냈다.

쏴아.

한기가 몰아쳤다.

수라파의 마인들은 온몸을 떨었다. 딱딱하게 굳어서는 움직일 수가 없었다.

홍원에게서 뿜어져 나온 살기에 얼어붙은 것이다.

수라파의 문주는 그제야 상대를 잘못 만났음을 깨달았다. 그의 얼굴에 공포가 자리하기 시작했다.

당장에라도 손에 든 대도를 던져 버리고 무릎을 꿇어 목숨을 구걸하고 싶었으나, 몸이 자신의 마음대로 움직이지 않왔다.

홍원이 손가락을 튕겼다.

피육.

작은 파육음과 함께 한 명이 쓰러졌다. 그의 이마에 작은 점이 찍혀 있었다. 자세히 보면 점이 아니라 구멍이었다.

적막이 내려앉았다.

아무도 말이 없었다.

피육, 푹, 푹, 피육.

계속되는 파육음이 섬뜩하게 들렸다. 소리가 한 번 들릴 때마다 한 명이 쓰러졌다.

홍원은 가만히 뒷짐을 지고 서 있을 뿐이다.

뒷짐 진 손의 손가락이 가볍게 움직일 때마다 지풍이 날아가 한 명의 목숨을 거뒀다.

사람들이 부들부들 떨었다.

쓰러지는 순서는 대중없었다. 내 옆의 사람이 죽었나 하면, 저 멀리 맞은편의 사람이 쓰러졌다.

언제 내 차례가 될지 몰랐다.

확실한 것은 나도 곧 쓰러지게 될 거란 사실이다.

남아 있는 이들의 몸이 잘게 떨렸다. 그들의 의지로 떨고 있는 것이 아니다. 극심한 공포에 몸이 반사적으로 떨리는 것이다.

어떤 이는 눈물을 줄줄 흘렸다.

그나마 문주는 애써 손을 움직였다.

챙캉!

대도가 바닥의 돌에 튀며 요란한 소리를 냈다. 그가 바닥에 무릎을 꿇었다.

"대, 대인을 몰라 뵈었습니다. 부디 용서해 주십시오. 제발 살려주십시오."

그는 눈물 콧물 흘리며 빌었다. 일단 터지기 시작하니 줄줄 흘러내렸다.

"강자가 법이다."

홍원이 낮게 말했다.

"네가 한 말이다."

그는 여전히 애걸복걸하고 있었다. 홍원의 그의 그런 말이 안 들리는 듯, 그의 눈물 콧물 범벅인 모습이 안 보이는 듯 말했다.

"나는 네가 말한 법대로 할 뿐이다."

"제가 미쳤었나 봅니다. 제발, 제발 살려주십시오."

그는 어느새 오줌까지 지리고 있었다.

그 와중에도 파육음은 계속 울리고 있었다.

수라파 무사들의 바지는 축축해진 지 오래였다.

"그럴 수는 없지. 너희들의 목숨은 그 아이들의 넋을 달래기에는 너무도 부족해."

너희는 살려달라고 빌던 그 아이들을 어찌했냐는 진부한 물음은 던지지 않았다.

애초에 이곳에 올 때부터 살려줄 마음 따위는 없었으니까.

단지 자신의 분노를 더 키우기 위해 이놈들을 잠시 상대한 것이다. 앞으로의 행보를 결정하기 위해서.

역시 이놈들은 쓰레기다.

마황성의 영역이 이렇다는 것은 어느 정도 예상은 했었지만, 홍원의 예상을 뛰어넘었다.

푹, 푸푹, 피육, 퓩.

소리가 점점 빠르게 울렸다.

풀썩, 털썩, 풀썩.

사람들이 쓰러지는 소리가 점점 더 잦아졌다.

그리고 아무런 소리도 들리지 않았다.

모든 이가 쓰러진 것이다.

이제 이 공간에서 숨을 쉬고 있는 이는 홍원 일행과 문주까지 모두 네 명이었다.

"으으… 어으으……."

그는 이제 말도 제대로 하지 못했다. 울음 섞인 해괴한 소리만 흘릴 뿐이다.

홍원은 무심히 그를 내려다보았다.

푹.

그리고 마지막 소리와 함께 그도 생을 다했다.

홍원은 담담히 자신이 만들어낸 광경을 지켜보았다.

"다른 곳도 비슷하겠지?"

대상이 없는 물음이었다. 하지만 곡비연이 그 물음에 답했다.

"아마도 그럴 거예요."

홍원은 작게 고개를 끄덕였다.

"하오문의 도움을 좀 받아야겠어."

이렇게 한 곳, 한 곳 찾다가는 시간이 너무 많이 걸릴 것 같았다. 마을을 찾아가 고아원을 확인하고, 이곳과 같은 상황이라면 흉수를 찾는 일련의 과정은 시간이 너무 소모되었다.

"얼마든지요."

곡비연이 짧게 답했다.

지금만큼은 그녀도 과장된 교태를 부리지 못했다. 그녀도 분위기는 파악한 것이다.

지금 홍원은 순수하게 분노하고 있었다.

조용히 그 분노의 행보를 지켜봐야지, 어떤 수작도 부려서는 안 될 일이다.

"가지."

곡비연의 대답을 들은 홍원이 걸음을 옮겼다.

마을의 작은 객잔에 방을 잡은 후 홍원은 지필묵을 구해 자신이 후원을 했던 시설들의 명단을 쭈욱 적어 내렸다.

모두 마황성의 영역에 있는 곳들이다.

써 내려가다 보니 그 수가 제법이었다.

"나도 제법 많이 벌었었나 보군."

살업으로 번 돈이었기에 관심을 두지 않고 그저 썼을 뿐이다. 한데 이렇게 목록을 작성하다 보니 그 돈의 양이 적지 않았다.

모두 스물세 곳이었다. 그중 한 곳은 이미 확인을 했다.

참담한 심정이었다.

다른 곳은 어떨까?

피를 씻기 위해 사용한 돈이 다시 피를 불러왔다. 당시에는 마도인들의 본성을 미처 몰랐다.

이제 홍원이 해줄 수 있는 것은 두 가지밖에 없었다.

다행히 무사한 곳이 있다면 지켜줄 것이고, 참변을 당했다면 복수를 해줄 것이다.

홍원은 명단 작성을 마친 후 곡비연을 찾았다.

건네받은 명단을 확인한 곡비연이 말했다.

"최대한 빨리 이곳들에 관해서 조사를 하도록 할게요."

그 말과 함께 곡비연이 객잔을 나섰다. 하오문 지부를 찾아가는 것이다.

그렇게 하룻밤이 지났다.

홍원은 조용히 시간을 보냈다. 하오문에서 소식이 오기 전까지는 움직이지 않기로 했다.

곡비연이 지급으로 처리했기 때문인지, 홍원이 분노했기 때문인지는 모른다. 정보는 빠르게 처리되어 왔다.

마을에서 이틀을 보낸 후 두툼한 서류가 곡비연에게 전해졌다. 곡비연은 그 서류를 곧바로 홍원에게 전했다. 그녀는 내용을 확인하지 않았다.

홍원은 천천히 서류를 읽었다.

아무런 변화 없이 무심한 얼굴이다. 서류를 한 장, 한 장 넘기는 손길도 무심했다.

　서류를 모두 검토하는 데 반 시진이 걸렸다. 한 글자, 한 글자 꼼꼼히 확인했기 때문이다.

　"가야 할 곳이 많을 것 같군요."

　홍원의 말에 단리유화는 그냥 가만히 고개를 끄덕였다. 그녀 역시 고아였다. 그랬기에 고아들이 얼마나 힘들게 사는지 잘 알고 있었다.

　그런 불쌍한 아이들이 모여 그나마 겨우 살고 있는 곳을, 그저 힘이 없다는 이유로 풍비박산을 내놓다니. 그녀로서도 분노가 치미는 일이었다.

　"제가 예전에 도왔던 곳이 모두 스물셋인데… 네 곳만 남아 있네요."

　홍원이 쓸쓸히 말했다.

　"앞으로 어찌하실 건가요?"

　곡비연이 물었다.

　복수를 먼저 할 것인지, 남은 곳을 먼저 찾을 것인지 묻는 것이다.

　"일단 위치를 봐야 할 것 같군."

　홍원의 말에 곡비연이 품에서 지도를 꺼내 펼쳤다.

　넓은 지도가 식탁 위에 펼쳐졌다. 그곳에 스물세 개의 점이 찍혀 있었다. 홍원이 적어준 시설들의 위치였다.

　"살아남은 곳 중에 가장 가까운 곳은?"

　"자혜원이에요."

홍원은 현재 위치에서 자혜원으로 가는 최단 경로를 확인했다.

"가는 길목에 세 곳 정도 들를 수 있겠네."

그걸로 목적지는 정해졌다.

최대한 빠른 시일 안에 자혜원으로 향하되, 그 중간중간에 있는 곳들의 복수도 함께 행하기로 했다.

그렇게 홍원의 행보가 시작되었다.

당연한 말이지만, 그 어디도 홍원을 막지 못했다.

순식간에 모두 쓸려 나갔다. 홍원은 무심히 지풍만 날릴 뿐이었다. 단 한 발자국도 홍원을 움직이게 하는 이가 없었다.

이런 하찮은 수준의 인간들이 자신보다 약하다고 그 불쌍한 아이들이 모인 곳을 약탈했다니.

헛웃음이 절로 나왔다.

세 번째 문파를 박살을 냈다. 그럼에도 가슴 가득 들어찬 아픔을 치유할 방도가 없었다.

"다음은 자혜원이에요."

곡비연의 말에 홍원은 자혜원의 자료를 떠올렸다. 수많은 서류 뭉치 중 가장 많은 분량을 차지하고 있었다.

원주가 특출 난 인물이었다.

'내가 보내준 후원금을 불릴 생각을 하고, 그것을 실행해 성공을 했다니.'

대단한 상재를 지닌 인물이었다. 고아들을 돌볼 것이 아니라, 어쩌면 상계에 투신을 했어야 할지도 모르는 인물이다.

"자혜원의 원주인 고경호는 상재가 매우 뛰어난 인물이에요. 그 덕에 여유롭게 많은 아이들을 돌보며 운영을 했지만… 뛰어난 만큼 거물들의 눈에 띄었네요."

곡비연의 설명에 홍원이 고개를 끄덕였다. 그도 이미 숙지하고 있던 내용이다.

"마도팔문이라는 곳 중 두 군데라고 했던가?"

"네. 혈검문과 천독문이에요."

혈검문이든 천독문이든 상관없었다. 마도팔문이 아니라 마황성 그 자체라 하더라도 홍원은 가만두지 않을 작정이었으니까.

"어서 가지. 일단은 버티고 있다고 하니까 상황을 봐야겠어."

홍원이 걸음을 옮겼다. 단리유화와 곡비연이 그 뒤를 따랐다.

그들이 떠난 자리에는 여기저기 널브러진 시신들만이 을씨년스레 남아 있었다.

*　　　　*　　　　*

중년의 사내가 지끈거리는 머리를 주물렀다.

"후우."

그의 깊은 한숨에 좌중에 있던 모두가 허리를 숙였다.

용상에 앉아 얼굴을 잔뜩 찌푸리고 있는 이는, 당금 천하의 황제 북궁천호였다.

"승상."

"네, 폐하."

북궁천호의 부름에 한 노인이 다시 한 번 허리를 조아리며 답했다.

"이 상소가 정말이오?"

"그러합니다."

"그동안 무수히 올라왔을 텐데… 왜 이제야 짐에게 온 것이오?"

"그간 대신들이 무수히 바로 잡으려 노력을 하였으나 도무지 방법이 없어 이제야 아뢰게 되었습니다."

쾅!

그 말에 북궁천호가 세차게 용상을 내려쳤다.

"그 무슨 말이오!!! 이 따위 일이 일어나고 있었으면 진즉에 짐에게 알렸어야지!"

분노에 찬 일갈에 대신들은 고개를 숙일 뿐이다.

"허어, 아무리 마도라 하지만… 황제가 왕으로 임명을 해 준 이가 이렇게 손을 놓고, 그 땅을 무법 지대로 만들어놓았다니……"

황제가 보고 있는 상소는 모두 마황성의 영역에 있는 관리들이 보낸 것이다.

지금까지는 승상의 선에서 어떻게든 해결하려 하였으나, 도무지 해결이 되지 않아 결국 황제에게까지 올라간 것이다.

"짐에게 이 상소들을 보여줬다는 것은 결국 천선문을 움직여야 한다고 판단을 한 게요?"

"그러하나이다, 전하. 관군으로는 무도한 마도의 무리를 상대하기가 어려웠사옵니다."

"정녕 그러하오?"

"물론 모든 관군과 화포를 동원하여 전쟁을 할 태세로 그들을 친다면야 모두 제압이 가능합니다만… 그리하면 백성들이 불안에 빠질까 저어하여 차마 그리 하지는 못하였사옵니다."

승상의 대답에 북궁천호는 고개를 끄덕였다.

"그렇지. 그리해서 그들에게 짐의 힘을 위임한 것이건만… 역시 무림인이란 족속들은 못 믿을 종자들인가?"

"아니옵니다, 폐하. 경천회와 사혈궁의 왕들은 아주 잘하고 있사옵니다. 숭무련 쪽 또한 큰 문제가 없사옵니다."

"마황성만이 문제라……."

북궁천호는 용상을 톡톡 두드렸다.

"굳이 짐이 아니라 하더라도 천선문에 협조 요청은 가능했을 텐데?"

"그것이… 문주가 폐관에 들어 모든 대외 활동을 중단한 상태라 하옵니다."

승상의 말에 북궁천호의 얼굴이 더욱 찌푸려 들었다.

"휘용이 자리를 비웠다? 흐음."

잠시 고민을 하던 북궁천호가 이윽고 결정을 내린 듯 입을 열었다.

"마황성주에게 칙서를 내리겠다. 감히 내치는 외면한 채 세력 싸움에만 힘을 써, 이렇게 백성들을 힘들게 하다니."

황제의 결정에 내관들이 빠르게 지필묵을 준비해 올렸다.

그렇게 황제 북궁천호가 내린 칙서는 빠르게 마황성으로 전해졌다.

구양벽이 폐관 직후 바로 소집한 회의에 마황성의 요직에 앉은 이들이 모두 모였다.

회의의 가장 큰 논의 대상은 당연히 홍원이었다.

"중소문파들이 그놈 때문에 계속 우리에게 매달리고 있습니다. 성주, 그놈을 어떻게든 처리해야 합니다."

"이대로 계속 중소문파들이 쓰러진다면 마황성의 존립 자체가 위태롭습니다."

여기저기서 홍원을 막아야 한다는 의견들이 쏟아져 나왔다.

구양벽이 손을 들어 그들의 말을 막았다.

"좋아. 의견들은 충분히 들었네. 하면 누가 그를 막을 것인가?"

그 물음에 다들 꿀 먹은 벙어리가 되었다.

"그놈이 누구인지 아는 사람은 있는가?"

이어진 물음에 다들 서로 눈치만 보고 있었다.

"소검선 장홍원입니다."

마도팔문 중 귀혼문의 문주였다.

"알고 있는 이가 아주 없지는 않군."

구양벽이 고개를 끄덕였다. 귀혼문은 살수들의 문파였다. 그랬기에 평시에도 정보 수집을 게을리하지 않는 이들이었다.

"그러면 문주의 생각은 어떤가? 우리가 그를 막을 수 있겠는가?"

구양벽의 물음에 귀혼문주는 고개를 저었다.

"불가능합니다. 그가 지난 경천회와의 전쟁 때 보여준 무위를 생각한다면… 마황성의 존망을 걸어야 할지도 모르겠습니다."

쾅!

그때 회의장의 거대한 탁자를 강하게 내려치며 일어서는 이가 있었다.

"그러면 그를 가만히 두어야 한다는 거요?"

그는 귀혼문주를 무시무시하게 노려보았다.

마도팔문 중 혈검문주였다.

구양벽이 그를 보며 물었다.

"혈검문주, 자네라면 알겠군. 그가 왜 우리 애들을 그렇게 깨부수면서 움직이는지."

날카로운 눈빛과 함께 이어진 물음에 그는 쉬이 대답을 하지 못했다. 구양벽이 눈빛으로 계속 재촉을 하니 이윽고 입을 열었다.

"그, 그것이… 일단 그의 손에 무너진 곳들을 분석하면 아마도 영역 내의 고아원이나 그 비슷한 시설들을 약탈한 곳들입니다."

"그리고 혈검문과 천독문도 한 손 거들었고 말일세."

구양벽의 말에 혈검문주와 천독문주는 흠칫했다.

'빌어먹을 천이각.'

이제 막 폐관을 마친 성주가 그 모든 사실을 알고 있는 이유는 뻔했다. 천이각의 보고가 올라간 것이다.

가뜩이나 폐관 후 성주의 기세는 무시무시했다.

대체 얼마나 강해져서 나온 것인지 가늠이 안 되는 찰나에, 천이각의 정보로 이리 압박을 하고 있으니 두 사람은 그야말로 죽을 맛이었다.

"자네 둘은 이 사태를 어찌했으면 좋겠나?"

"그, 그것이……."

"……."

마음 같아서야 전력을 다해 막아야 한다고 하고 싶었다. 하지만 귀혼문주가 놈을 막으려면 마황성의 존망을 걸어야 한다고 말했기에 섣불리 대답할 수가 없었다.

자신들을 위해 마황성의 존망을 걸어달라는 것이니.

"나는 내 수하들을 위해서라면 마황성의 존망뿐 아니라 내 목숨도 걸 수 있다."

구양벽이 진중한 목소리로 말했다. 그의 목소리는 대전을 가득 채웠다.

그 말에 혈검문주와 천독문의 얼굴에 화색이 돌려는 찰나.

"그러나!"

구양벽이 단서를 달았다.

"그것은 마도천하를 위해 정당한 일을 하다가 만난 적일 경우다. 갈 곳 없고, 힘없는 이들이나 고아들을 약탈하는 양아치 짓을 하는 놈들을 위해서가 아니다. 마도의 강자존이라 함은 서로 투쟁하여 승리하는 자가 군림한다는 뜻이지, 힘없는 이를 짓밟으라는 뜻이 아니다."

구양벽의 음성은 진중하기 이를 데 없었다.

그럴 수밖에 없었다. 지금 구양벽은 마도팔문 중 두 곳을 버리겠다는 이야기를 하고 있었기에 최대한 명분을 쌓아야 했다.

구양벽이 말하는 마도의 강자존이라는 것은 이 자리에서 두 문파를 쳐내기 위해 만들어낸 명분에 지나지 않은 것이다.

"아주 훌륭한 말이오, 성주."

그때 대전 입구에서 낯선 목소리가 울렸다.

그는 황제의 깃발을 든 칙사였다.

황제의 깃발을 보자 대전의 모든 이들은 칙사를 향해 무릎을 꿇고 절을 했다.

구양벽도 예외는 없었다.

"황제 폐하! 만세! 만세!·만만세!"

우렁차게 울리는 합창이었다.

사대세력이 황제로부터 왕의 칭호를 받은 이후, 관과 무림은 결코 나뉠 수 없게 되었다.

최대한 불가침하려 노력은 하였으나, 결국은 모두 황제의 신민이 아니던가.

칙사는 구양벽이 앉아 있던 태사의에 자리했다. 구양벽은 아래로 내려와 다른 문주들과 함께했다.

칙사의 등장은 그 시기가 참으로 절묘했다.

"구양벽 성주."

칙사의 낮은 부름에 구양벽이 허리를 숙였다.

"네."

"황제 폐하께서 마황성의 영역에서 올라오는 상소 때문에 근심이 참으로 크시오. 하지만 내 방금 이곳에 들어오면서 들은 성주의 말대로면 그리 걱정을 하지 않아도 될 듯하군요."

"하명하십시오."

구양벽은 그야말로 납작 엎드렸다.

그 모습에 칙사는 낭랑한 목소리로 황제의 칙서를 읽었다.

그의 낭독이 모두 끝난 후 모두의 얼굴에는 낭패한 기색이 어렸다. 하지만 모두들 아래로 엎드려 있었기에 칙사는 그 모습을 살피지 못했다.

"마황성주 구양벽은 빠른 시일 안에 결과를 보여야 할 것이오."

"알겠나이다."

그 말을 끝으로 칙사는 아래로 내려왔다. 어느새 무수한 병사들이 대전으로 들어와 칙사를 호위했다.

그렇게 칙사는 칙서를 통해 칙령만을 내리고 빠르게 사라졌다.

다시 태사의에 자리한 구양벽의 얼굴이 딱딱하게 굳었다.

"모두 함께 들었으니 내가 할 말은 예상되리라 생각한다."

아무런 말도 없었다.

하지만 혈검문주와 천독문주는 내심 웃음 지었다.

'크크크. 성주, 함께 죽게 생겼소이다.'

구양벽이 양아치 짓이라 규정지은 양민에 대한 약탈은 마황성에서 은근히 방조한 탓이었다.

가뜩이나 힘이 넘치는 마도인들을 억누를 수만은 없었기에 그들의 욕구를 분출하게 하는 동시에, 마황성의 재정을 풍족하게 하기 위한 방책이었던 것이다.

구양벽은 천하를 향한 야욕을 가지고 있었다.

그랬기에 선우 황가마저 잡아먹을 야욕을 키우지 않았던가.

그 모든 것들이 홍원의 출현 이후 꼬이고 있었다.

"각자 산하 문파를 잘 단속하도록. 다시 한 번 이와 같은 일이 내 귀에 들리면 내가 직접 단속하겠다."

그 말을 끝으로 회의는 파했다.

황제의 칙령까지 내려왔으니 방법이 없었다.

혈검문과 천독문은 각자 알아서 홍원을 상대해야 했다.

그즈음 홍원은 자혜원의 정문 앞에 서 있었다.

쾅쾅쾅!

홍원이 문을 두드렸다.

"계시오?"

한참을 부르니 문이 서서히 열리며 거대한 사내가 모습을 드러냈다.

커다란 덩치에 앞으로 잔뜩 나온 배, 타고난 듯한 굵은 팔다리.

하지만 그런 덩치와는 다르게 순박한 얼굴을 가진 사내였다.

"뉘신지요?"

홍원 일행을 확인한 사내는 조심스레 물었다. 그의 행동은 조심스럽기 그지없었다. 마치 무엇엔가 겁을 먹은 듯한 얼굴이었다.

"장죽이라 합니다. 고경호 원주를 만나러 왔습니다만."

홍원의 말에 사내의 눈이 잘게 떨렸다.

"며, 면목이 없습니다. 제가 고경호입니다."

커다란 덩치의 사내는 눈물이 그렁그렁한 채로 홍원의 손을 덥석 잡았다.

홍원은 살짝 당황했다.

고경호의 외모와 행동에서 오는 괴리 때문이었다. 설마 이런 사람일 거라고는 생각도 못 했다.

상재가 있다는 이야기에 자신의 친구인 종현과 같은 인물을 예상했었다. 그런데 이렇게 커다란 덩치에 후덕한 인상의 사내가 눈물이 가득한 눈으로 자신을 바라보고 있으니.

어쨌든 세 사람은 고경호의 안내를 받아 안으로 들어섰다.

이제껏 거쳤던 다른 고아원들과는 확실히 달랐다. 홍원이 도운 금액 정도로는 결코 이룰 수 없는 시설이었다.

아이들이 여기저기서 숨어서 홍원 일행을 바라보았다.

고경호의 집무실에 들어서자 그는 바닥에 꾸벅 절을 했다.

"이제야 은인을 뵙게 되었습니다."

"이러지 마십시오."

홍원이 서둘러 고경호를 잡아 일으켰다. 거구인 자신의 몸을 손쉽게 일으키는 홍원의 모습에 고경호는 살짝 놀랐다.

"아닙니다. 감사도 드려야 하고, 사죄도 드려야 합니다."

그는 연신 허리를 숙였다.

"은인께서 도와주신 금전으로 아이들을 잘 돌볼 수 있었습니다. 아이들을 돌보라고 도와주신 금전을 제가 다른 곳에 사용했습니다. 정말 죄송합니다."

그의 말에 홍원은 손사래를 쳤다.

"아이들을 돕기 위해 그러신 것을 알고 있습니다. 괘념치 마십시오."

그렇게 네 사람은 자리에 앉았다.

"요사이 근심거리가 있다고 들었습니다."

"이미 알고 오셨군요. 면목이 없을 따름입니다."

고경호의 말에 홍원이 고개를 저었다.

"고 원주께서 뛰어난 탓이지요."

그 말에 고경호의 두 눈은 다시금 붉어졌다.

"흑, 크윽. 끄윽, 꺼억, 흐어엉."

이윽고 한두 방울 눈물을 흘리던 그는 대성통곡을 했다. 그야말로 건물이 떠나가라 커다란 울음이었다.

홍원 일행은 한참 후에야 겨우 울음을 그치고 진정한 고경호로부터 저간 사정을 모두 들을 수 있었다.

마황성의 영역이라 하나, 이곳도 그렇게 살기 힘든 곳은 아니라 했다. 다만 삼사 년 전부터 갑자기 살기가 팍팍해졌다고 했다.

"그러던 게 마황성이 경천회와 전쟁을 벌일 즈음해서는 그야
말로 마굴이 되었지요."

고경호는 능력이 있는 자였다. 그런 와중에도 이렇게 자혜원
을 지켜냈으니 말이다.

"장 은공께서 보내주신 지원금이 아주 큰 힘이 됐습니다. 그
것을 그냥 모두 쓰는 것보다는 만약을 위해 여기저기 굴리면
서 제게 상재가 있음을 알았지요."

그리고 그 혼란한 시기에 혈검문과 천독문이 자혜원에 눈독
을 들인 것이다.

다른 곳들처럼 한 번에 털어먹는 것보다는 두고두고 뽑아 먹
는 것이 훨씬 이득이라는 판단이 섰기에 지금까지 무사할 수
있었다고 했다.

무사하다고 했지만 무사한 것은 아니었다.

여기저기 쌓인 먼지가 그것을 말해주고 있었다. 간간히 보이
는 아이들의 얼굴이 홀쭉한 게 그야말로 겨우 버티고 있었다.

"그야말로 딱 죽지 않을 정도만 남겨두는 모양이군요."

"장 은공 말씀대로입니다. 제가 아무리 돈을 불려도 다 털려
가지요."

"그러면 그냥 가만히 두면 되지 않나요?"

단리유화의 물음에 고경호가 씁쓸한 웃음과 함께 고개를 저
었다.

"그러면 전부 죽습니다. 그리고 놈들은 티끌 같은 당근도 주

지요. 그들의 이익금이 크면 클수록 아이들을 먹일 식량이 조금 더 떨어지니까요."

그래봐야 백의 이득을 늘리면 겨우 일을 줄까 말까 한 정도였다. 그럼에도 고경호는 죽을힘을 다해서 돈을 불렸다. 조금이라도 더 불려야 피죽 한 그릇이라도 더 마련할 수 있으니까.

그리 말하는 고경호를 곡비연이 은근한 눈으로 바라보았다.

그렇게 먹을 게 없다는데, 어찌 저리 육중한 몸을 유지하는 것일까? 그 시선에 담긴 의문을 읽은 것인지 고경호는 여전히 고소를 지은 채 말했다.

"믿지 않으시겠지만… 이게 그놈들에게 약탈을 당하기 전의 반절 정도 되는 모습입니다."

그 말에는 홍원마저도 두 눈을 부릅떴다.

그냥 봐도 거대하다는 말이 어울릴 육중한 덩치다. 그런데 저게 살이 엄청나게 빠진 몸이라니. 믿을 수 있을 리가 없었다.

"제가 타고나기를 그렇게 타고났습니다. 지금이 제 인생에서 제일 날씬한 때군요. 아마 앞으로 계속 그 기록을 경신할 것 같습니다만……."

고경호가 머쓱한 듯 머리를 긁적였다.

대륙이 넓으니 정말로 별의별 신기한 사람이 다 있다는 생각이 들었다.

"혈검문과 천독문에서는 언제 오지요?"

"한 달에 한 번 옵니다. 열흘 전에 왔다 갔으니 아직 이십 일은 남았군요."

고경호의 대답에 홍원은 고개를 끄덕이고는 자리에서 일어났다.

"어디를 가시려고 하십니까?"

고경호가 함께 일어나며 물었다.

"일단 아이들부터 뭘 좀 먹여야 할 것 같군요."

그렇게 홍원은 단리유화와 곡비연과 함께 장터로 향했다. 그래도 아직 기본적인 경제 활동은 가능했다.

이마저도 약탈을 했다면 그야말로 무법천지가 되었을 것이다.

마도인들도 알고 있었다. 자신들이 먹고 입고 자는 데 필요한 부분은 건들이지 않았다. 그런 곳에 지장이 없으면서, 돈이 있는 곳들을 무자비하게 약탈한 것이다.

그런 면에서 홍원이 많은 지원금을 보낸 고아원이나 시설들은 아주 좋은 먹잇감이었다.

홍원은 장을 쓸어가다시피 했다. 온갖 먹을 것들을 잔뜩 사서 수레를 빌려 담았다.

세세원에서 했던 일의 반복이었다. 단지 그때는 혼자였고, 지금은 돕는 이가 두 사람이 있었다.

덕분에 음식을 하는 것도 훨씬 수월했다.

단리유화는 영 서툴렀지만, 곡비연은 제법 요리 솜씨가 좋았다.

자혜원의 아이들은 그래도 세세원의 아이들보다는 상태가 조금 나았기에 고기가 들어간 죽을 끓여줄 수 있었다.

함께 식사를 하면서 죽을 한 술 뜬 홍원은 고개를 끄덕였다.

자신이 한 것보다 훨씬 맛있었다. 그런 홍원의 모습을 본 곡비연이 배시시 웃었다.

그날은 그렇게 자혜원에서 묵었다.

아이들이 많았지만 빈 방은 더 많았다. 더 많은 아이들을 돌보기 위해 크게 확장을 했다가 사달이 나버렸다고 했었다. 그때문에 뒤채 쪽은 휑한 느낌마저 들었다.

홍원과 단리유화, 곡비연은 각자의 방으로 들어가서 밤을 보냈다.

깊은 밤 곡비연의 방에서 비둘기 한 마리가 날아올랐다. 장을 볼 때, 잠깐 짬을 내 들른 하오문의 분타에서 받아온 것이다.

날이 밝으면 홍원은 분명 혈검문이나 천독문에 쳐들어갈 것이다. 그때를 대비해 정보를 추가하기 위함이었다.

홍원이 내일을 대비해 잠에 들 무렵.

심각한 표정의 여덟 사람이 한자리에 모여 있었다.

"성주는 우릴 버렸소."

심각한 얼굴로 천독문주 당하독이 말했다.

"그것은 그대들이 저지른 일이 있어서 그런 것 아닌가요?"

요화문주 사문희가 피식 웃으며 답했다. 그 말에 혈검문주 부만웅이 반응했다.

"그대들은 무사할 것 같소?"

"그게 무슨 뜻이지?"

철혈문주 허진이었다. 거대한 덩치와 근육으로 뒤덮인 몸을 가진 그는 부리부리한 눈으로 혈검문주 부만웅을 쏘아보고 있었다.

백발에 길게 기른 하얀 수염이 살짝 떨렸다.

"그 말 그대로요. 성주가 자신이 살기 위해 우리를 버렸듯이 그대들도 버릴 수 있단 것이요. 그 사실을 누구보다 허 문주 그대가 잘 알 것 같소만."

부만웅의 말에 허진의 수염이 좀 더 세차게 떨렸다.

"당시 철마대를 선봉을 세운 의도야 여기 모인 마도팔문의 문주 모두 알고 계신 것 아니오."

철마대주 허필.

그는 홍원의 손에 무참히 최후를 맞이했다. 그리고 그는 이 자리에 있는 허진의 장남이었다.

그랬기에 허진의 수염이 더욱 세차게 떨리는 것이고.

당시의 숙청 이후 철혈문은 몸을 웅크렸다. 덕분에 현재 마도팔문 중 요화문 다음으로 세력이 약했다.

"그래서 어쩌자는 거요?"

야수문주 맹력이 얼굴을 찌푸리고 물었다.

"성주를 먼저 칩시다."

천독문주 당하독이 결연한 얼굴로 말했다. 그 말에 다섯 명의 문주가 어이없다는 얼굴을 했다.

"그게 말이요? 외부의 강대한 적이 있는 지금 내부에서 자중지란을 일으키자?"

패력문주 패무평이 실소를 머금으며 되물었다. 그의 몸에서 무시무시한 기세가 일었다.

마도팔문의 문주들 중 가장 강한 그였다.

그때 귀혼문주 구랍이 말했다.

"잠깐 진정하시오, 패 문주."

구랍의 개입에 패무평의 시선이 그를 향했다. 하지만 못마땅함이 가득했다.

나머지 문주들의 시선도 구랍을 향했다.

그사이 천독문주와 혈검문주, 그리고 귀혼문주가 눈짓을 주고받았다. 이미 사전에 의논이 된 사항이었다.

"저는 가장 먼저 이것을 묻고 싶습니다. 우리 마황성의 목적이 무엇인가 하는 겁니다."

"마도천하."

생각할 필요도 없다는 듯 패무평이 답했다. 몇몇 문주들이 그 말에 고개를 끄덕였다.

비록 당금 황제와 교섭을 통해 대륙의 이 할 삼 푼 정도 되는 영역에 만족하고 있지만, 마황성은 이 영역 안에서만은 마도천하를 이룬다는 목적을 가지고 있었다.

"하면 작금의 상황이 마도천하를 이루고 있다 생각하십니까?"

구랍의 물음이 이어졌다.

"그건……."

패무평은 쉬이 답하지 못했다. 황제의 칙사까지 오지 않았던가.

하부 문파들의 양아치 짓 때문이었다.

패무평이 생각해도 그것은 진정한 마도가 할 짓이 아니었다.

"왜 그리 되었다 생각하십니까?"

"음……."

마도팔문 중 정보에 가장 밝은 곳이 귀혼문이다. 살수들이 다 보니 정보 수집에 열을 올리는 덕분이다.

"경천회와의 전쟁 때문입니다. 그때 손실을 본 재정을 메꾸기 위해서지요."

어느새 좌중은 구랍의 말에 귀를 기울이고 있었다. 그것은 패무평도 마찬가지였다.

"하면 성주는 왜 그런 전쟁을 일으켰을까요?"

"우리의 힘이 강대해졌으니까. 힘을 주체하지 못하는 세력들이 밖으로의 확장을 바랐으니까. 그래서 아니오?"

답을 한 것은 허진이었다.

당시 외연의 확장을 가장 강력히 주장한 곳이 철혈문이었다. 그리고 그 선봉에 섰던 것이 그의 아들이자 철마대주인 허필이었다.

"성주의 명분은 그랬지요. 하지만 목적은 다른 곳에 있었습니다."

거기까지 말한 구랍은 은근한 눈으로 좌중을 둘러봤다. 그의 그런 모습에서 묘하게 긴장되는 분위기가 느껴졌다.

꿀꺽.

누군가가 마른침을 삼켰다. 이제 구랍의 입이 열리면 감당 못 할 폭탄이 터질 것만 같은 느낌이 든 탓이다.

"성주는… 선우 황가의 하수인이오. 정확히는 구양가문이 선우 황가의 가신 가문이오."

정말로 터졌다.

절대 감당 못 할 것만 같은 폭탄이 구랍의 입에서 터져 나왔다.

좌중은 잠시 아무 말도 하지 못했다.

지금 구랍이 한 말을 이해하기 위해서였다.

"선우 황가?"

패무평이 고개를 갸웃거리며 되물었다. 구랍이 고개를 끄덕였다.

"설마 천 년 전 대륙의 황실을 말하는 건가요?"

사문희가 말도 안 된다는 얼굴로 물었다. 그 물음에 구랍은 고개를 끄덕였다.

"그들이 아직도 존재하고 있단 말이오? 북궁 황실에서 철저히 숙청했을 텐데?"

마도문주 금사윤이었다.

지금까지 줄곧 잠자코 있던 그가 입을 열 정도로 충격적인 사실이었다.

그는 마도팔문에서도 과묵하기로 유명한 이였다.

"나도 우연히 알게 된 사실이오. 죽림의 정체를 추적하다가 말이오. 천 년 동안 북궁 황실을 몰아내기 위해 어둠 속에 숨어 칼을 갈고 있소."

"죽림? 그렇다면 숭무련의 손에 멸문당한 은살림 역시?"

맹력이었다.

구랍은 고개를 끄덕였다.

"허어."

침묵이 내려앉았다.

"성주의 목적은 당금 황실의 전복이오. 반역이지. 성주는 선우 황실을 도와 북궁 황실을 무너뜨릴 작정이오. 마도천하라는 기치를 보고 모인 마황성의 수많은 마도인을 배신하는 행위지요."

구랍은 다섯의 문주를 돌아보며 열변을 토했다.

"그리고 그 과정에서 마도팔문을 소모품으로 사용할 것이 뻔하지요. 이번에 그 괴물에게 혈검문과 천독문을 버리는 것만 봐도 알 수 있는 일입니다."

그렇게 구랍의 모든 말이 끝나고 다시 한 번 침묵이 내려앉았다.

저마다의 생각으로 복잡한 얼굴이다.

이날 밤의 회동은 이렇게 끝이 났다.

모두들 각자의 처소로 돌아갔다. 다른 곳에서 다시 모인 세 사람을 제외하면 말이다.

혈검문주, 천독문주, 귀혼문주가 다시 은밀히 마주 앉았다.

"구 문주, 죽림을 쫓다가 알아냈다는 핑계는 어찌 생각해 낸 거요?"

"그게… 나도 모르게 그 자리에서 떠올랐다오."

당하독의 말에 구랍이 머쓱한 얼굴로 답했다.

"그 덕에 나머지 다섯이 구 문주의 말을 더 신뢰하는 것 같더이다."

부만웅의 말에 구랍이 고개를 끄덕였다.

"어쨌든 구양벽이 딴마음을 품은 것을 알게 된 이상 처리해야지요."

구랍의 말에 다른 두 사람도 두 눈을 빛냈다.

"설마 설마 했지만 실제로 선우 황실을 배반할 마음을 품고 있을 줄이야… 어찌 그리 배은망덕하단 말이오."

당하독이 고개를 저으며 말했다.

그랬다.

그들 역시 선우 황가의 수족이었다.

"그보다 그 괴물은 어찌할 생각입니까?"

구랍의 물음에 두 사람은 고개를 저었다.

"재해 수준의 괴물을 어찌 막겠소. 구 문주가 알려준 즉시 모든 인원을 본성으로 불러들였소."

"나 역시."

부만웅과 당하독이 말했다.

현재 혈검문과 천독문의 모든 전력은 마황성에 모여 있었다. 홍원이 그들의 근거지를 가더라도 빈집만이 남아 있는 것이다.

"그럼 제 계획대로 하는 것이군요."

구랍의 말에 두 사람은 다시 한 번 고개를 끄덕였다.

"이곳에서 구양벽을 처리한 후, 귀혼문으로 전력을 집중해서

그 괴물을 처리해야지요. 제 놈이 아무리 괴물 같은들 귀혼문
전체에 펼쳐진 기관진식을 어찌 감당하겠소?”

부만웅은 다시 한 번 그들의 계획을 확인했다.

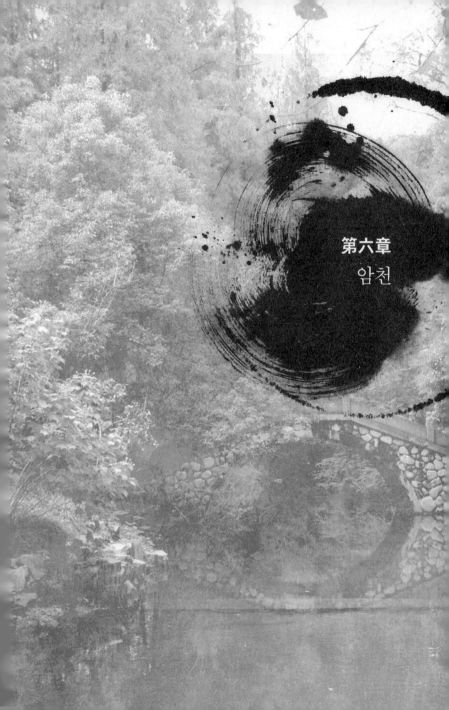

第六章
암천

어느새 계절이 한 바퀴 돌아 다시 한 번 그때와 같은 계절이 찾아왔다.

여전히 사막의 밤은 차갑고도 거칠었다.

선우예극은 여전히 그런 밤하늘을 올려보고 있었다.

"고작 일 년이건만… 너무 많은 일이 있었어."

그의 말에는 근심이 가득했다.

이곳 사막은 변함이 없었건만, 중원은 그렇지 않았다. 폭풍이 몰아쳤고, 그 여파는 아직도 중원을 뒤흔드는 중이었다.

"소검선 장홍원이라……."

그가 단신으로 사혈궁을 무너뜨리고, 마황성을 막았을 때만 해도 그러려니 했다.

암천만 완성한다면 능히 상대할 수 있다고 생각했기 때문이다. 오히려 천선문의 천선이 걱정이었을 뿐. 암천과는 상극인 무공이었기 때문이다.

하지만 설마 용을 잡아내는 무인이라니.

이러면 이야기가 달라진다. 선우평이 암천의 정수를 어느 정도 흡수해서는 감당을 못 할 수도 있었다.

그 때문에 선우예극의 얼굴에는 근심이 가득했다.

"만약의 만약에 그런 일이 생기더라도 그것은 천선문에서 북궁패명의 진전을 이은 이가 나타났을 때라 생각했건만."

예상치 못한 변수의 출현에 선우예극의 머리는 복잡했다. 다른 자잘한 일들은 떠오르지도 않을 정도였다.

홍원이 검선의 제자임을 알고 있었다. 검선이 천선문 출신임도. 하지만 그는 천선의 정수를 익히지 못한 자였다. 그런데 그런 검선의 제자가 이런 말도 안 되는 강함이라니.

복잡하고도 복잡했다.

쿠쿠쿠쿵.

그때.

땅이 잘게 떨렸다. 선우예극은 그 진동을 느꼈다.

"벌써?!"

그의 얼굴에 경악이 어렸다. 이것은 예상보다 빨라도 너무 빠르지 않은가.

경악 이후 찾아온 것은 은근한 기쁨이었다.

삼 년을 예상했건만 일 년 만에 완성하다니.

"내가 평생을 바쳐도 이루지 못한 것을 고작 일 년 만에 이루다니! 역시 평이는 암천을 위해 태어난 아이로구나!"

그의 얼굴에는 감격이 가득했다. 암천의 씨앗을 심을 때 그 재능을 느끼기는 했었다. 하지만 설마 이 정도일 줄이야.

그는 땅을 박차고 경공을 펼쳤다. 허리에 매달린 고색창연한 고검(古劍)이 흔들거렸다.

석 달 전부터 선우평이 암천의 정수를 받아들이는 곳의 반경이 무척 넓어졌다. 그만큼 그가 뿜어내는 기세가 심상치 않아 취한 조치였다.

때문에 아무도 없는 벌판에 선우평 홀로 서 있었다. 그의 옷은 낡고 찢어져 없느니만 못했으나 그 두 눈만은 밤하늘의 별처럼 빛나고 있었다.

그는 담담히 하늘을 올려보고 있었다.

"오셨습니까?"

여전히 하늘을 올려보며 평온한 목소리로 말했다.

선우평의 등 뒤로 선우예극이 도착해 있었다.

"훌륭하구나!"

진정한 감탄이었다.

"과찬이십니다."

선우평이 겸손히 말하니 선우예극이 고개를 저었다.

"겸손이 너무 과하다. 내 평생에 이루지 못한 것을 너는 고작 일 년 만에 이루었으니 어찌 과찬이라 하겠느냐."

그리 말하는 선우예극의 두 눈은 더없이 따스했다. 손자를 향한 자랑스러움과 사랑이 넘치는 눈빛이었다.

잠시 두 조손의 시선이 허공에서 얽혔다.

"그럼 어디 한 수 받아보거라."

스르룽.

선우예극은 허리춤에 매달린 고검을 뽑아 들었다.

그 고색창연함은 검신 또한 마찬가지였다.

선우평은 빈손이었으나 두 사람 모두 그것에는 신경 쓰지 않았다. 지극히 당연하다는 모습으로 서로를 바라보며 대치했다.

선우예극의 검이 천천히, 그러나 섬전처럼 움직였다.

북명패황검(北溟覇皇劍)이 선우예극의 손에서 그 완전한 모습을 드러냈다.

그가 비록 암천의 정수는 삼 할 정도만을 자신의 것으로 만들었다 하나, 북명패황검은 십이 성 극성을 초월하여 익혔다.

그야말로 북명패황검의 정수가 지금 선우예극의 손끝에서 펼쳐지고 있었다.

자신을 향해 날카로운 기세를 머금고 모든 것을 부숴 버릴 듯한 기운으로 날아오는 검을 선우평은 담담히 바라보았다. 검극이 금방이라도 심장을 꿰뚫을 듯한 찰나 선우평의 손이 천천히 움직였다.

그러나 먼저 상대를 가격한 것은 선우평이었다.

후발선제(後發先制)의 묘가 무엇인지 적나라하게 보여주는 한 수였다.

그렇게 단 일 수에 자신의 북명패황검이 파훼되었음에도 선우예극은 웃고 있었다.

"훌륭하구나."

"그저 틈이 보였을 뿐입니다."

선우평은 아무것도 아니라는 듯 말했으나 선우가의 다른 이들이 들었으면 도저히 믿지 못할 말이었다.

극성을 넘어서 새로운 경지를 향해 나아가고 있는 선우예극의 북명패황검의 틈을 보았다니. 어찌 믿을 수 있겠는가.

"어느 정도 흡수하였느냐?"

"칠 할 정도입니다."

선우평의 대답에 선우예극은 고개를 끄덕였다. 그의 예상대로였다.

"네가 방금 보인 한 수는 암천패황(暗天覇皇)이겠지?"

"그렇습니다. 정수의 흡수가 오 할을 넘어서니 그 구결이 머릿속에 나타나더군요."

과연 전설대로였다.

천 년 동안 대대로 정수를 키우고 이어오면서 그 누구도 오할을 흡수하지 못했다. 그래서 그것은 그저 전설로만 전해져 올 뿐이었던 것이다.

아니, 정수의 힘을 점점 더 키웠기에 오 할을 흡수하는 것이 더 지난했을지도 모른다.

선우평이 그런 전설을 이룬 것이다.

"받거라."

선우예극은 검신을 쥔 채로 검병을 선우평에게 내밀었다.

"조부님, 이건······."

그것은 대대로 선우 황가의 주인, 즉 황제임을 상징하는 황검(皇劍)이었다.

그 검을 준다는 것은 황제의 자리를 양위한다는 의미였다.

"암천의 정수를 넘겨준 그 시점부터 황제는 너였다."

굳건한 그 말에 선우평은 검을 넘겨받았다.

우웅, 우우우웅.

선우평의 손이 검병을 쥐는 순간 검이 떨며 검명을 토해냈다.

"이, 이건······."

선우예극의 손에서는 아무 일도 없던 검이 자신에게 오자마자 이런 반응을 보이니 선우평은 살짝 당황했다.

"당연한 일이다. 진정한 주인을 알아본 것이지."

흡족한 미소를 지은 채 검집마저 넘겨주며 선우예극이 말했다.

그렇게 선우평은 선우황검의 주인이 되었다.

"따라오너라."

두 조손은 그렇게 선우예극의 처소로 걸음을 옮겼다.

오랜만에 맡은 다향이 폐부를 청량하게 만들어주었다. 선우평은 그래서 잠시 동안 그 향을 음미하며 앉아 있었다.

"해줄 말이 많다."

선우예극의 말에 선우평은 자세를 바로 하고 경청했다.

"일단 원래 예정대로였다면··· 네가 암천정수의 칠 할을 흡수하는 데 성공하는 순간, 바로 중원으로 진입하려 했다."

그 말은 예정이 바뀌었다는 뜻이었다.

"한데 커다란 변수가 나타났다."

"무엇입니까?"

선우평이 물었다.

"장홍원, 그자다."

그 대답에 선우평의 눈가가 살짝 떨렸다.

경천회에서 수도 없이 들은 이름이었다. 실제로 마주친 적은 없었지만, 너무도 고마운 이름이기도 했다.

그런데 그자가 변수라니.

"암천을 막을 무공은 오직 천선밖에 없다 여겼는데… 그가 용을 잡았다."

"용이요?"

생각지도 못한 말에 선우평이 두 눈을 동그랗게 떴다.

"용이 실제로 있는 존재였습니까?"

대부분의 사람과 같은 물음이었다.

"물론이다. 그리고 그렇게 대륙에 나타난 용을 그가 산산조각을 내버렸지. 그 때문에 중원은 지금 무척이나 시끄럽다."

선우평은 잠시 멍한 표정을 지었다. 쉬이 받아들 수 없는 이야기였으니.

"본디 그 정도로 강한 무공은 오직 천선문에만 있고, 아직 천선문에서 그 무공을 이루지 못했다 생각했다. 그랬기에 너에게 암천을 전해준 것이고."

선우평은 그 말을 묵묵히 들었다.

"천기가 심상치 않아 암천의 정수를 빨리 전했다만⋯ 어쩌면 그때 내가 본 그 천기는 장홍원 그자 때문인지도 모르겠구나. 지금 문득 그런 생각이 든다."

거기까지 말한 선우예극은 찻잔을 입에 가져갔다. 어느새 찻물은 미지근하게 식어 있었다.

"네가 암천정수의 칠 할을 체화했고, 암천패황을 익혔다 하더라도 과연 용을 잡을 수 있을까?"

"그것은⋯⋯."

선우예극이 고개를 저었다.

"불가능하다. 용이 괜히 신수(神獸)라 불리는 게 아니야."

"그러면 포기하시는 겁니까?"

그리 묻는 선우평의 목소리가 살짝 밝아진 것처럼 느껴졌다. 그러나 이내 선우예극은 자신의 착각이려니 하고 애써 외면했다.

"그럴 리가 있느냐. 마지막 안배를 꺼내야지."

그 말에 선우평은 곤혹스러운 얼굴을 했다. 암천이 마지막 안배가 아니었던가?

"그런 표정 지을 것 없다. 네가 체화하지 못한 삼 할이 남아 있지 않느냐?"

"아!"

그 말에 선우평은 탄성을 흘렸다. 아무리 흡수하려 해도 단단한 금강석과 같이 꼼짝도 하지 않던 나머지 삼 할의 정수.

그것을 흡수하는 방법은 따로 있었던 것이다.

"네가 내 뒤를 이어 황검의 주인이 되었으니 이제 너도 알아야 할 이야기다."

그렇게 선우예극은 오직 황제에게만 전해져 오는 이야기를 시작했다.

"천 년 전 피의 복수를 맹세하며 만들어낸 암천은 결국 북명의 기운과 같은 뿌리를 가지고 있다."

선우평은 고개를 끄덕였다. 정수를 흡수하면서 느꼈던 것이다.

"그럼 그 북명의 기운은 대체 어떻게 깨닫게 된 것일까?"

알 수 없었다. 이제는 너무 오랜 옛일이라 전설조차 남아 있지 않다 여겼다.

"선우 황실의 시작과 북명은 함께했지. 그리고 초대 황제께서 북명을 얻은 곳은 북해였다. 기록은 말한다. 그때 초대 황제께서 흉수(凶獸)의 힘을 얻었다고."

"흉수?"

선우평은 되묻지 않을 수 없었다.

전설의 신수라는 용에 이어, 이번에는 전설로만 전해져 내려오는 흉수라니.

"실존하는 것이었습니까?"

"용도 나타나지 않았더냐?"

선우평의 물음에 물음으로 답하는 선우예극이었다. 그 답에 선우평은 고개를 끄덕일 수밖에 없었다.

"어떻게 시조께서 흉수의 힘을 얻었는지는 알 수 없다. 다만 흉수는 대대로 황실의 수호수였다. 천선에 무너지기 전까지는……."

"그런……."

선우평은 채 말을 잇지 못했다.

재앙을 불러일으킨다는 흉수가 자신의 가문의 수호수라니.

그 사실을 믿을 수가 없었다. 부정하고 싶었다.

설마 천 년 제국의 근간이 흉수였다니. 그리고 지금 그런 제국의 부활을 천 년간 준비하고 있었다니.

"암천은 그때 흉수가 남긴 힘의 조각이다. 그 조각을 키우고 흡수하여 자신을 다시 깨우라 하였지. 그 역시 당시 잃은 힘을 회복해야 한다 하였다."

도무지 믿을 수 없는 이야기였다.

"흉수를 깨우기 위한 최소한의 조건이 암천패황이었다. 정수의 절반을 흡수해야 하고. 그렇게 암천 속에 심어진 무공이다."

"그럼 암천패황을 전한 것이 흉수라는 말씀이십니까?"

선우평의 물음에 선우예극은 고개를 끄덕였다.

"그럴 수가……."

"그리고 남은 삼 할의 정수는 흉수를 깨우기 위한 열쇠다. 우리를 위해 준비된 것이 아닌 게지."

"허……."

선우평은 말을 잇지 못했다.

"나도 이렇게까지 하게 될 줄은 몰랐다. 이 전설도 내 대에서 그저 묻으려 했었다. 본디 암천의 정수를 넘길 때 전해야 함에도 네게 전하지 않은 것도 그런 이유였고… 하지만 상황이 바뀌었다. 어쩔 수가 없구나."

"그렇게까지 해야 하는 겁니까? 그냥 포기하면 안 되는 겁니까? 이미 천하는 평화롭습니다. 굳이 우리의 숙원을 위해 이 평화를 깨야 하는 겁니까?"

선우평은 도무지 이해할 수 없다는 얼굴을 하며 참담한 목소리로 물었다.

"쯧쯧, 너를 경천회에 보낸 것이 실수로구나."

그런 모습에 선우예극은 혀를 찼다.

"이제 이곳에서는 아무도 저를 강제할 수 없습니다."

선우평이 결연한 얼굴로 말했다. 그 말은 사실이었다. 북궁 황실에게 무너진 이후, 선우 황실에서 가장 강한 이가 그였다.

누구도 하지 못한 암천정수의 칠 할 흡수를 이루었으니.

"네가 천륜을 어기겠다면… 막을 도리가 없긴 하구나."

그 말에 선우평은 입술을 깨물었다.

천륜(天倫).

그 두 글자가 무엇이기에 자신을 이렇게 옥죄는 것일까.

"북해로 가거라."

선우예극이 담담히 말했다.

선우평의 고개가 아래로 떨어졌다. 꽉 쥔 주먹이 부르르 떨렸다. 자신은 거부할 수 없음이 너무나 슬펐다.

선우예극은 자신의 처소로 돌아가는 손자를 가만히 지켜보았다. 커다란 성취를 이루었음에도 어깨가 축 처진 모습이었다.

"후우, 어찌 저리 심약한지……."

깊은 한숨과 함께 선우예극이 고개를 저었다.

"그나저나 딴마음을 품은 개는 삶아야 하는데……."

얼마 전 귀혼문에서 올라온 보고를 떠올린 그가 중얼거렸다. 얼마 전부터 마황성의 움직임이 마뜩치 않았다.

그런데 이유가 있었다.

구양벽이 딴마음을 품은 것이다. 귀혼문에서 그 증좌를 확실히 확보하고 선유예극에게 알렸다.

앞으로 어찌 될지 몰라 고민을 하고 있었으나, 이제는 더 이상 고민을 할 이유가 없었다.

선우평이 성취를 이루고 나오지 않았던가.

선우예극은 바삐 손을 놀려 서찰을 쓴 후 전서응을 날려 보냈다.

                    *   *   *

"빠르군."

홍원은 눈앞의 장원을 바라보며 중얼거렸다. 곡비연이 전해 준 정보로 이럴 줄을 예상했지만 실제로 보니 그 느낌이 또 달랐다.

텅 비어 있는 혈검문의 장원.

이들이 마도팔문이 맞는가란 의심이 먼저 들었다. 이렇게 꽁지 빠져라 도주했을 줄이야.

"저들이 똑똑한 거지요. 상공을 상대할 방도가 없음을 인정하고 도주한 것이니까요."

용을 때려잡는 남자가 홍원이다.

그런 홍원과 맞상대하겠다고 나설 미친놈이 있을까?

그것이 곡비연의 솔직한 심정이었다.

"천독문도 마찬가지겠지?"

홍원의 물음에 곡비연이 고개를 끄덕였다. 혈검문의 상태를 보니 이들도 상당한 수준의 정보력을 가지고 있었다. 그렇다면 천독문도 함께 움직였으리라.

세 사람은 다시 자혜원으로 돌아갔다. 그리고 자신들이 본 것을 사실대로 이야기해 주었다.

그 말을 들은 고경호가 두 눈을 부릅떴다.

"장 은공께서는 대체 어떤 분이시길래……."

말을 채 잇지 못했다.

홍원의 위명은 현재 전 중원을 떨어 울리고 있었다.

하지만 그 얼굴을 아는 이는 극소수였다. 그러니 고경호로서는 눈앞의 장죽이 장홍원이라고는 상상도 못 할 일이다.

그저 믿기지 않을 정도로 대단한 사람이라고 느낄 뿐.

"지금은 이들이 잠시 물러난 것일 수 있습니다. 혹여 모르니 제가 후환이 없도록 조치하겠습니다."

"아닙니다, 은공. 그들은 무서운 사람들입니다. 제가 움직이는 쪽이 낫습니다. 마침 기회가 생겼으니 그냥 자혜원을 경천회의 영역으로 옮기면 될 일입니다."

그 말에 홍원이 고개를 저었다.

"먼 길입니다. 가는 길에 어떤 무도한 마도 무리들이 있을지도 모르구요. 저를 믿고 여기에 계시는 쪽이 나으실 겁니다."

"어찌 그럴 수가……."

고경호는 채 말을 잇지 못했다. 홍원은 그런 고경호를 보며 기분 좋은 미소를 지었다. 절로 믿음이 갈 수밖에 없는 웃음이었다.

그날 밤은 자혜원에서 보냈다.

그리고 아침이 밝자마자 세 사람은 길을 떠났다.

목적지는 뻔했다.

혈검문과 천독문이 몸을 피한 곳. 마황성의 성도, 수래성이었다.

"마도팔문 중 수래성에 근거지를 둔 곳이 모두 세 곳이에요. 구양가문을 제외하고요."

수래성으로 향하는 가운데 곡비연이 하룻밤 사이에 새로이 얻은 정보를 간략하게 설명했다.

"마도팔문 사이에 모종의 회합이 있었던 것까지는 확인을 했는데, 구체적인 내용은 알 수가 없네요."

역시 하오문이었다.

은밀히 움직인 그들의 회합 사실까지 알아낸 것이다.

홍원은 걸음을 옮기며 묵묵히 듣고만 있었다.

"회합의 결과가 무엇인지는 모르겠지만, 마도팔문이 움직이고 있어요. 모두 수래성에 있는 마황성의 본성에 모여들고 있어요."

"흠."

그 말에 홍원이 고민했다.

혈검문과 천독문만 처리를 할 것인지, 아니면 마황성 전체와 싸워야 할지 고민이었다.

그간 지나오면서 본 행태를 보면 마황성 역시 징치를 해야 마땅하나, 마황성을 무너뜨리면 이곳은 그야말로 무법 지대가 된다.

그나마 경우 수많은 마도인들을 제어하는 세력이 사라져 버리는 것이다.

그리되면 힘없는 민초들은 더욱 힘들어질 뿐이다.

고경호에게 자신만 믿고 떠날 생각 말라 이야기하지 않았던가.

그래서 어찌할지 고민이었다.

이렇게 할지, 저렇게 할지 아직 결정을 내리지 못했다.

그런 심정과는 상관없이 홍원은 걸음을 빨리했다. 덕분에 가장 힘든 것은 곡비연이었다.

홍원은 그저 평범하게 걷고 있는 것으로 보였으나, 그녀는 전력으로 경공을 펼쳐야 겨우 홍원을 쫓아갈 수 있었다. 힘든 것은 단리유화 역시 마찬가지였으나, 이번 기연으로 얻게 된 심후한 내공으로 어떻게든 버티고 있었다.

홍원의 빠른 이동은 파격적이었다.

마황성의 천이각과 귀혼문의 정보보다도 빠르게 움직인 것이다.

그 때가 참으로 절묘했다.

구양벽과 마도팔문의 예상보다 훨씬 빠른 행보였다.

"암천이 열렸다 합니다."

구랍의 말에 부만웅과 당하독의 두 눈이 격랑 치듯 떨렸다.

일천 년의 한을 이룰 때가 다가오고 있음을 느낀 것이다. 대대로 암천을 이어왔지, 그 어두운 하늘을 열어젖힌 사람은 없었다.

그런데 당대에 와서 암천이 열렸다고 하는 것이다.

"그렇다면 계획을 더욱 앞당겨야겠군요."

부만웅의 말에 당하독과 구랍이 고개를 끄덕였다.

"소검선의 위치는?"

"얼마 전에 혈검문의 빈 장원에 나타났다 합니다."

당하독의 말에 구랍이 답했다.

"그렇다면 딱 좋군요. 성주를 처리하고 바로 귀혼문으로 유인하면 될 듯합니다."

세 사람이 서로를 마주 보며 고개를 끄덕였다.

그리고 다시 한 번 마도팔문의 회합을 주도했다. 이번에야말로 모든 문주를 설득해야 했다.

선우 황실의 이야기로 대부분의 문주들이 넘어온 상태였다.

"결정들은 하셨습니까?"

구랍의 물음에도 다들 말이 없었다. 마음의 결정을 거의 내렸음에도 여전히 고민하는 것이다.

한데 그때 사문회가 입을 열었다.

"성주가 선우 황실의 주구라는 것은 알겠어요. 하지만 그것이 우리가 적을 두고 자중지란을 일으켜도 된다는 뜻은 아니에요."

"무슨 뜻입니까?"

당하독이 물었다.

"그 말 그대로예요. 성주는 이미 우리 모두가 덤벼야 겨우 감당할 정도로 강해졌어요. 그런 성주를 처리할 수 있다고 쳐요. 그 이후 우리를 찾을 소검선은 어찌할 거죠?"

지난 회합에서 너무나 큰 충격에 미처 결론짓지 못한 것을 사문희가 끄집어냈다.

그랬다.

문제는 여전히 남아 있었다.

소검선 장홍원이라는 재앙과도 같은 적이 여전히 존재했다.

당하독과 구랍이 눈을 마주쳤다.

"귀혼절멸진(鬼魂絶滅陣)이라고 아시는지요?"

구랍의 물음이다.

그 말에 여섯 사람은 동시에 고개를 끄덕였다.

그것은 천하십대절진 중 하나였다. 기관진식과 귀혼문의 살수가 어우러진 절대살진으로 그곳에 든 자는 그 누구도 살아 나오지 못한다는 전설이 전해오는 함정이었다.

"그곳에 천독만해진(千毒滿海陣)이 함께 펼쳐졌습니다."

당하독의 말이다.

천 가지 독이 바다를 가득 채웠다는 이름대로 극독이란 극독은 모두 동원된 무시무시한 독진(毒陣)이었다. 이 또한 천하십대절진 중 하나였다.

그 하나만으로도 능히 수 명의 절대고수를 죽음에 이르게 할 수 있다는 천하십대절진이다. 그리고 그중 두 가지가 함께 펼쳐졌다고 한다.

"그곳에 소검선을 유인만 할 수 있다면 능히 그를 처리할 수 있을 것이라 생각합니다."

그 말에 좌중은 말이 없었다.

"사실은 성주를 상대하기 위해 준비한 안배였습니다만… 성주보다는 소검선을 막는 데 사용해야 할 듯하군요."

구랍이었다.

그의 말은 어느 정도 사실이었다. 만약의 사태를 대비해 은밀히 준비해 둔 함정이었다.

최후의 순간 그들의 구명줄이 될지도 모를 곳이었다.

부만웅과 당하독, 그리고 구랍은 그 생로를 숙지하고 있었기 때문이다.

"좋아요."

가장 먼저 결정을 내린 이는 사문희였다. 의문을 던진 만큼 그것에 대한 만족할 만한 답변이 나오자 금세 결정을 내린 것이다.

"그런데 꼭 우리가 먼저 성주를 쳐야 하나요? 성주가 혈검문과 천독문을 버리겠다는 결정을 내렸다 하지만, 우리가 소검선을 성주에게 유인할 수 있지 않을까요?"

이어진 사문희의 의견이었다.

"성주가 소검선을 감당할 수 없다는 것은 잘 알고 있어요. 하지만 소검선이 성주를 처리하게 하고, 그렇게 힘이 빠진 그를 귀혼문의 귀혼절멸진으로 유인한다면 성공 확률이 더 올라가지 않을까요?"

양패구상을 노리자는 의견이었다.

충분히 일리 있는 말이다.

"좋군. 그리 진행된다면 나도 함께하겠소."

철혈문의 허진이었다. 그는 본디 성주와 가장 원한이 큰 인물이 아니던가.

패무평과 맹력도 고개를 끄덕였다.

이제 남은 이는 마도문의 금사윤, 그 하나였다.

좌중의 시선이 그를 향했다. 그는 여전히 묵묵히 입을 다물고 있는 채였다.

여덟 중 일곱이 뜻을 함께했다. 마지막 남은 한 사람이다. 이제 대세는 거스를 수 없었다.

만약 그가 함께하기를 거부한다면, 성주를 치기 전에 그를 먼저 처리해야 했다.

그것은 어려운 일이 아니었기에 일곱 사람의 눈빛이 점점 진해지고 있었다.

"결국은 그렇게 결론이 났군요."

드디어 금사윤의 입이 움직였다.

일곱 사람은 언제든 출수할 준비를 한 후 금사윤의 다음 말을 기다렸다.

도무지 아무런 반응이 없었기에 그 속내를 짐작할 수 없어 준비하는 것이다.

"어찌하시겠습니까, 성주?"

이어 나온 그의 말에 일곱 사람은 찢어질 듯 두 눈을 부릅떴
다.

금사윤 그가 바라본 것은 그들이 회합을 하는 곳의 천장이
었다. 그 말이 끝나자마자 숨이 막힐 듯한 존재감이 천장에서
뿜어져 나왔다.

콰콰쾅!

요란한 소리와 함께 천장이 무너지면서 구양벽이 모습을 드
러냈다.

이미 뱉은 말은 주워 담을 수가 없다. 그 사실을 잘 아는 일
곱 명은 그 순간 한데 모였다.

배신의 뜻을 내뱉은 이상, 힘을 합쳐야 했다.

장내에 모습을 드러낸 구양벽은 스산한 미소를 지으며 일곱
명을 바라봤다.

"마도팔문 중 선우 황가의 개가 세 마리나 섞여 있을 줄이
야……."

그 말에 사람들의 시선이 구랍을 향했다. 선우 황가의 이야
기를 꺼낸 것은 그가 아니었던가.

"흥, 선우 황가의 개는 당신 아니오, 성주!"

이렇게 들켜 버린 것, 배신의 뜻을 밝힌 일곱이 힘을 합쳐야
그나마 일말의 가능성이 있었다. 그러기 위해서는 자신들이 선
우 황가와 연이 닿았음을 들키면 안 될 일이다.

구랍의 말에 구양벽은 살벌한 미소를 띤 채 입을 열었다.

"그대들은 내가 정보의 수집을 굉장히 중시한다는 것을 알고 있었을 텐데……."

천이각을 말함이다.

"혹여 마도팔문의 수장인 그대들은 천이각주를 만난 적이 있던가?"

묘한 의미가 담긴 말이었다.

그 말의 뜻을 가장 먼저 알아차린 것은 구랍이었다. 그 역시 정보를 다루던 인물 아니던가.

그가 떨리는 눈으로 마도문주 금사윤을 바라보았다.

"설마……."

"선우 황가의 개답게 눈치가 빠르군. 그렇네. 그가 비밀 속에 감춰진 천이각주야."

그 말에 일곱 사람의 눈에 허탈한 기운이 가득 찼다.

설마 성주의 눈과 귀라는 천이각주를 앞에 두고 배신의 논의를 하고 있었다니.

이 얼마나 멍청한 짓인가.

"내 이런 일이 있을까 봐 천이각주의 정체는 끝까지 비밀로 해두었지, 크크."

낮게 웃음을 흘렸다.

그 웃음을 들은 일곱 사람의 얼굴에는 결연한 표정이 떠올랐다. 저 사실을 알린다는 이야기는 자신들을 반드시 죽이겠다는 의미라는 것을 알았기 때문이다.

"그럼 어디 발버둥이라도 쳐보도록."

그 말을 끝내는 순간, 구양벽의 기세는 더욱 무시무시하게 달아올랐다.

기세만으로 일곱 사람을 압사시킬 수 있을 듯했다.

일곱 문주는 내공을 끌어 올려 그런 구양벽의 기세에 대항했다.

금사윤은 무표정한 얼굴로 한쪽에 가만히 서 있었다.

어느새 뽑아 든 구양벽의 검에 검강이 찬란히 맺혔다.

콰콰콰콰콰쾅!!!!

그 순간.

그들이 모인 장소까지 들릴 정도로 거대한 폭음과 낮은 진동이 전해져 왔다.

사람들은 본능적으로 소리가 들려온 방향을 향해 고개를 돌렸다.

그것은 구양벽 역시 마찬가지였다.

"어느 간 큰 놈이……."

구양벽의 목소리에는 은은한 노기가 서려 있었다. 그가 금사윤을 힐끗 바라보았다.

"알아보겠습니다."

그 말과 함께 그는 조용히 사라졌다. 살수인 귀혼문주 구랍이 놀랄 정도로 은밀한 신법이었다.

"그럼 바깥일은 금 문주에게 맡겨두고 우리 일을 해결해 볼까? 감히 본좌를 처리하겠다라… 아주 재미있는 말이었어."

구양벽의 기세는 여전히 무시무시했다.

일곱 문주는 마른침을 삼키며 구양벽을 바라보았다. 가장 앞에 나선 이는 혈검문주 부만웅이었다.

구양벽은 섬뜩한 미소를 머금으며 그를 보았다.

"역시 선우 황가의 개가 가장 앞장서는군."

구양벽이 연이어 선우 황가를 입에 올리니 다른 네 명의 문주들의 얼굴에 의문이 떠올랐다. 그러나 그 의문을 해소하려 하지 않았다.

그것은 더 이상 중요한 것이 아니었기 때문이다.

이미 배신의 뜻을 밝혔고, 그것을 성주가 직접 들었다. 결국 자신들이 살아남기 위해서는 성주를 쓰러뜨리는 수밖에 없었다.

하지만 막상 저 무시무시한 기세를 눈앞에서 마주하니 과연 그것이 가능할까란 의문마저 들었다.

그때 혈검문주를 제치고 앞으로 나서는 이가 있었다.

패력문주 패무평이었다.

"성주, 사실 나는 늘 궁금했다오. 과연 우리 패력문이 계속해서 구양가문의 하수인으로 있어야 하는가 말이오."

그 말을 끝내는 순간 패무평의 몸에서 무시무시한 기세가 일어났다. 두 사람의 기세가 허공에서 얽혔다.

그 모습에 다른 여섯 명의 문주가 깜짝 놀랐다. 패무평이 그들 중 가장 강한 것은 사실이지만, 설마 이 정도로 강할 줄은 몰랐던 것이다.

"일 년 전, 소검선의 그 어마어마한 강함은 성주에게만 자극이 되었던 것은 아니외다."

부리부리한 눈으로 패무평은 구양벽을 직시했다.

"제법이군."

그러나 구양벽의 얼굴은 여전히 여유로웠다.

"숭무련은 사혈궁이나 경천회 그리고 우리 마황성과는 다르게 그 주인이 매번 바뀌지요. 한 가문이 독점을 하는 것이 아니고. 지난번의 전쟁에서 나는 우리 마황성도 그리 변해야 살아남을 수 있지 않을까 하고 생각했다오. 구양가문에게 마황성을 계속 맡겨두어서는 안 될 것 같았거든."

패무평의 양 주먹에 찬연한 빛을 뿌리는 권강이 맺혔다. 그에 마주한 구양벽이 뽑아 든 검에 검강이 자리했다.

"구화마룡검이 과연 얼마나 대단한지 직접 견식을 해보겠소이다. 나는 아버지의 뜻에 막혀 단 한 번도 도전을 못 해서 말이외다."

"패력구마권이 제법 훌륭한 무공이기는 하지."

기수식을 취하며 구양벽이 말했다. 그는 명백히 패력문의 패력구마권은 한 수 아래로 내려다보고 있었다.

그랬기에 패무평의 얼굴에 은은한 분노가 어렸다.

"지난 일 년 사이 강해진 것은 당신만이 아니외다, 문주. 타핫!"

그 말과 동시에 패무평의 두 주먹은 패력구마권의 첫 번째 초식을 펼치고 있었다. 거친 광풍과 함께 신묘한 경로를 그리며 패무평의 주먹이 구양벽의 관자놀이를 노리고 날아들었다.

그러나 그의 주먹은 허공을 갈랐다.

어느새 보법을 밟은 구양벽이 가볍게 피한 것이다. 패무평은 그럴 줄 알았다는 듯, 당황하는 모습 없이 연이어 주먹을 휘둘렀다. 일 초식에서 이 초식으로 아주 자연스럽게 이어졌다.

구양벽은 그제야 구화마룡검의 첫 번째 초식을 펼치며 패무평의 주먹을 상대했다.

어지러운 움직임을 보이며 패무평의 다리를 노리고 검이 날아들었다. 패무평은 패력구마권의 보법을 밟으며 그의 검을 피함과 동시에 삼 초식을 운용하며 반격했다.

이 모든 것이 단지 눈을 두 번 깜빡일 정도의 시간 사이에 일어났다.

여섯 사람은 입을 꾹 다물고 그 모습을 지켜보았다. 얼굴에는 놀람이 가득했다.

성주와 패력문주가 이렇게 강할 줄은 몰랐으니까.

"제법이야."

구양벽은 담담히 중얼거리며 연이어 검을 휘둘렀다. 초식이 진행될수록 그 위력은 배가 되고 있었다. 패무평은 구양벽의 공격을 막아내고 있었지만 얼굴은 땀으로 흥건했다.

역시 아직은 구양벽에게 미치지 못했다.

그렇게 패무평은 구양벽의 아홉 초식을 모두 막아냈다.

"후우, 후우."

패무평이 거친 숨을 토해냈다. 그 모습에 여섯 문주는 희망을 가졌다.

패무평이 저 정도로 성주를 감당할 수 있다면, 자신들의 손을 더하면 능히 구양벽을 제압할 수 있겠다고 생각한 것이다.

야수문주 맹력이 한 발 앞으로 나섰다.

그때, 구양벽이 입을 열었다.

"딱 이만큼이 일 년 전의 내 실력이지. 그런 나를 이렇게나 감당해 내다니 예상외야, 패 문주. 일 년 전의 나였다면 아마 일천 초는 겨루어야 승부가 났겠군."

그 말에 패무평의 두 눈이 잘게 떨렸다.

지금 그는 전력을 다했다. 일 년 동안의 수련으로 얻은 오의를 모두 동원한 상태였다.

"그리고 그 괴물을 겪으면서 내 실력을 더 키운 것이야 다들 알겠지."

그 말을 하는 순간 구양벽의 기세가 달라졌다.

일곱 문주를 압박하던 그 무시무시한 기운이 일시에 사라진 것이다.

다섯 문주는 어리둥절한 눈으로 서로를 바라보았다. 이게 어찌 된 영문인지 알 수가 없다는 얼굴이었다.

다만 구랍만이 얼굴이 하얗게 질렸다.

"조, 조심……."

막 패무평에게 외치려는 순간.

구양벽이 한 걸음 내디뎠다. 그 한 걸음에 패무평의 바로 코앞에 나타난 구양벽이 가볍게 휘두르는 일 검.

그 일 검은 아무런 저항 없이 패무평의 목을 갈랐다.

목이 잘려 떨어지는 순간에도 그는 이게 어찌 된 영문인지 알 수 없다는 눈이었다.

퉁!

패무평의 머리가 땅에 부딪히는 소리가 울리는 순간.

털썩.

패무평의 몸이 쓰러졌다.

"지금은 대충 이 정도지."

그리 말하며 구양벽은 여섯 문주를 바라보았다.

"무, 무슨……"

여섯 사람은 믿을 수 없다는 얼굴로 구양벽을 보았다. 어찌 단 일 년 사이에 이렇게 달라질 수 있단 말인가.

한 걸음 앞으로 나섰던 맹력은 어느새 슬그머니 두 걸음 뒤로 물러나 있었다.

"이… 이 정도로 선우 황실을 감당할 수 있을 것이라 생각하는 것이오?"

부만웅이 떨리는 목소리로 물었다.

은연중에 자신이 선우 황실과 연관이 있음을 인정해 버리고 만 것이다. 그에게는 다른 문주들이 그 사실을 아는 것에 대해서는 중요한 일이 아니었다.

그저 저 무시무시한 성주의 손에서 살아남는 것이 먼저였다.

그랬기에 선우 황실을 입에 담은 것이다.

자신들을 죽이면 결코 선우 황실이 가만히 있지 않을 것이라는 협박이었다.

"이제야 자신이 선우 황실의 개임을 실토하는군. 선우 황실 따위는 내 안중에도 없어. 천 년 전에 망한 것들이 무얼 어찌

겠다고."

"서, 성주! 구양가문은 선우 황실의 천 년 가신이 아니었소이까!"

당하독이 당황해서 외쳤다.

"그거야 내 조부까지의 일이었지."

구양벽의 부친 때부터 선우 황실의 영향력에서 벗어나기 위한 준비를 은밀히 하고 있었던 것이다.

"일단 네놈들부터 정리를 해야지."

구양벽이 다시 한 걸음 움직였다. 가장 먼저 낌새를 눈치채고 움직인 것은 구랍이었다. 살수다운 대처였다.

그는 순식간에 이 장 밖으로 벗어났다. 그런 구랍의 움직임을 보는 구양벽의 얼굴에 조소가 맺혔다. 어차피 모두 죽을 목숨이다. 순서만 다를 뿐.

순식간에 부만웅의 앞에 접근한 구양벽이 다시 검을 휘두르려는 찰나.

콰콰쾅!

벽이 박살 나며 피투성이의 인영이 데굴데굴 굴러 들어왔다.

"응?"

구양벽의 시선이 그쪽으로 향했다.

그럴 수밖에 없었다. 갑자기 날아든 이는 천이각주인 마도문주 금사윤이었다.

그리고 커다랗게 뚫린 구멍으로 한 사내가 걸어 들어왔다.

그리고 그 뒤로 두 명의 미녀가 따르고 있었다.

"좋군."

그가 장내에 들어서며 말했다.

"모두 모여 있어서 한 번에 해결할 수 있겠어."

그리 말하며 홍원이 씨익 웃었다.

그 웃음을 본 일곱 사람은 흠칫 떨었다. 저 얼굴을 잊을 수가 없었기에. 그 괴물이 설마 이곳에 난입했을 줄이야.

구양벽이 피투성이가 된 채 쓰러진 금사윤을 향해 물었다.

"금 각주, 어찌 된 일인가? 그가 도착하려면 아직 사흘은 남았다 하지 않았나?"

구양벽의 얼굴에 낭패가 어렸다.

그의 계획이 틀어졌기 때문이다. 그가 직접 혈검문주와 천독문주의 목을 베어 홍원에게 보내려 했었다.

금사윤의 보고로 어차피 그들이 자신을 배신했음을 알았기에 내린 결정이었다. 그런데 그들을 정리하기 전에 홍원이 이렇게 나타나다니.

"그, 그것이……."

바닥에 널브러진 채, 금사윤은 겨우 그 말만을 할 뿐이었다.

부만웅과 당하독의 시선은 구랍을 향했다. 구랍 역시 홍원이 마황성에 당도하려면 사흘은 걸린다고 했었다.

그 정보에 맞춰서 계획을 세웠었다.

물론 구양벽의 말도 안 되는 강함으로 인해 그 계획은 실패하였지만.

"누구지?"

홍원이 물었다. 곡비연이 손가락으로 가리키며 답했다.

"저자가 혈검문주 부만웅, 저 자가 천독문주 당하독이에요."

홍원의 시선은 곡비연의 손가락을 따라 움직였다.

그리고 검을 가볍게 휘둘렀다. 그 순간 두 사람은 다리에서 화끈한 감각을 느꼈다.

느낌이 있다 싶은 순간, 바닥으로 쓰러졌다.

무릎 아래는 이미 잘려 있었다.

"크윽."

"으윽."

신음이 절로 흘렀다.

그렇게 두 사람이 도망가지 못하게 제압을 한 후 구양벽 쪽으로 시선을 옮겼다.

"오랜만이군요."

"그렇구만."

두 사람의 시선이 허공에서 얽혔다.

"제법 강해지셨군요."

"덕분이네."

홍원의 말에 구양벽은 담담히 답했다. 그러나 검을 쥔 손은 땀으로 흥건했다.

경지가 올라 강해지니 더욱 절실히 느낄 수 있었다.

홍원이 얼마나 말도 안 되는 괴물인지.

그 끝을 도무지 짐작조차 할 수 없었다.

"조용히 들어오기에는 제 화가 너무 커 소란을 좀 일으켰습니다."

"손속이 좀 과하기는 하구만."

두 사람의 안중에 마도팔문의 나머지 문주는 없었다. 그러나 그들은 긴장한 얼굴로 꼼짝도 하지 못했다.

움직임을 보이는 순간 두 사람 중 한 사람의 검이 날아올 것임을 직감한 것이다.

'마, 말도 안 되는 괴물이다… 과연 기관진식으로 잡을 수 있을까?'

구랍의 두 눈이 세차게 흔들렸다. 자신들이 너무 쉽게 생각했음을 인정해야 했다.

소문과 실물은 달랐다.

경천회와의 전쟁 때 보여준 모습과는 전혀 다른 모습이었다.

그때도 충분히 괴물이었건만.

"이것도 많이 참은 것입니다만? 마황성을 쓸 일이 있었기에 그나마 이 정도만 했지요."

구양벽은 이미 기감을 펼쳐 바깥의 정황을 대강이나마 알아차렸다.

그야말로 처참하게 박살이 나 있었다.

그러니 금사윤이 저런 꼴로 이곳으로 던져진 것이다. 그런데 이것이 참은 것이다?

아니, 그보다 더 참을 수 없는 말이 있었다.

마황성을 쓸 일이 있다니.

감히.

"아무리 자네라지만 말이 많이 과하군."

구양벽의 목소리에는 노기가 가득했다. 그 모습에 홍원이 피식 웃었다.

"정말 그리 생각하시오?"

홍원의 몸에서 서서히 기세가 흘러나오기 시작했다.

"크윽."

구양벽이 신음을 흘렸다. 은근히 이곳을 장악한 기세가 구양벽의 전신을 압박했기 때문이다.

"마, 마황성은 그리 호락호락한 곳이 아니다!"

악을 쓰듯 외치며 구양벽은 온몸의 기운을 끌어 올려 홍원의 기세에 대항했다.

홍원은 그런 구양벽을 가만히 바라보았다.

"흐음……."

홍원은 마황성의 정문을 부수며 결정을 내렸다.

일단 마황성은 유지를 시키기로 했다. 이들을 없애 버리면 그 뒷일이 너무 커지기에 내린 결정이다.

한데 그 수장이 이리 반항적이니…….

"그럼 일단 당신 먼저 해결해야겠군요."

어차피 다리를 잘라놨으니 도망도 못 갈 터.

이쪽부터 해결하기로 했다.

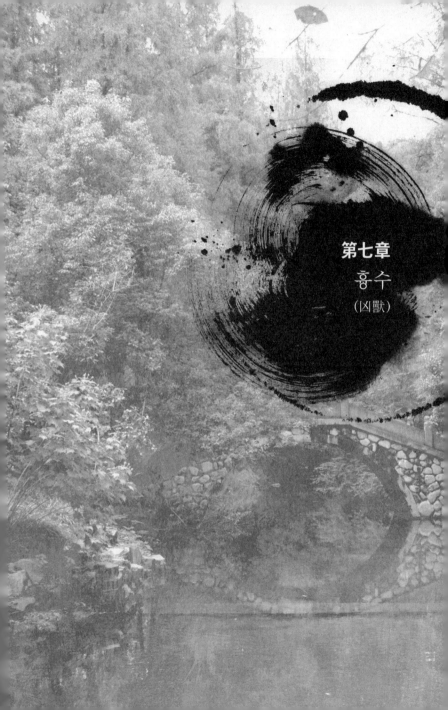

第七章
흉수
(凶獸)

　구양벽은 검을 곧추세우고 온몸의 기운을 끌어모았다. 이대로 홍원의 기세에 휘말릴 수는 없었다.

　그는 검극을 홍원을 향해 내밀고는 노려보았다. 안광이 형형하게 빛나고 있었다.

　이곳은 지금 상황이 어떻든 마황성이었다.

　바로 자신의 근거지인 것이다. 아무리 홍원이 대단하다 하지만, 이곳에서까지 홍원에게 주눅 들 수는 없었다.

　홍원은 살포시 미소를 지으며 그런 구양벽을 마주 보았다.

　"제법이군요."

　홍원의 진심이었다.

　경천회와의 전쟁 때, 막사에서 잠시 만났던 그와는 완전히 달라져 있었다.

물론 그래봤자였다.

작은 강아지가 좀 큰 강아지가 된 느낌이라고 할까?

물론 구양벽은 홍원의 그런 생각을 전혀 알 수 없었다. 구양벽의 성장보다 그간 홍원의 성장이 더욱 컸기에 그럴 것이다.

"타핫!"

가만히 노려만 보던 구양벽이 먼저 움직였다.

계속 이렇게 노려보기만 하다가는 홍원의 기운에 집어삼켜질 것만 같았기에 발악과도 같이 움직인 것이다.

구화마룡검법이 구양벽의 손에서 펼쳐졌다.

그의 검은 그야말로 한 마리의 용과 같이 움직이며 홍원을 향해 날아들었다.

그야말로 무시무시한 기세였다. 홍원의 사지와 요혈을 노리며 날카로이 움직였다.

홍원은 무심한 얼굴로 흑운을 몇 번 휘둘렀다.

챙, 챙, 챙!

검과 검이 맞부딪히는 소리가 울리며 구양벽의 그 기세는 씻은 듯이 사라졌다.

다른 위치에 서서 홍원을 바라보는 그의 얼굴에는 허탈함이 자리했다.

어찌 이리 간단히 막아낸단 말인가.

"괴물은 괴물이로군."

홍원을 보며 어이없는 얼굴로 중얼거렸다. 홍원의 기색은 변한 것이 없었다.

진지한 얼굴로 다시 한 번 검을 들었다.

단 한 번에 모든 것을 쏟아부을 결심을 한 것이다.

전신의 모든 내공을 일거에 터뜨리는 단 한 초식.

구화마룡검의 마지막 초식.

구화. 마룡천참.

마룡이 하늘을 쪼갠다는 그 마지막 초식을 준비했다.

그날, 그 어마어마한 참격을 꺾기 위해 완성한 구화마룡검의 궁극 오의였다.

구양벽의 기세가 다시 달라졌다.

홍원의 눈빛이 살짝 변했다. 이번의 기세는 홍원의 호기심을 동하게 한 것이다.

지난번의 만남보다 훨씬 강해졌음을 느꼈으나, 지금 보여주는 기세는 심상치 않았다.

'일 검에 전력을 다할 모양이군.'

홍원은 자세를 달리했다.

지금 구양벽이 풍기는 기세는 가벼이 여길 것이 아니었다.

구양벽은 온몸의 내공을 극한까지 끌어 올려 더 이상 뽑아낼 것이 없는 시점에 검을 떨쳤다.

새로이 깨달은 오의 마룡천참이 그의 손끝에서 펼쳐졌다.

거대한 기세를 풍기는 용이 단번에 하늘을 집어삼키려는 듯 꿈틀거리며 홍원을 향해 날아왔다.

"이건 좀 놀랍군."

홍원은 그리 중얼거리며 검을 휘둘렀다.

하늘을 쪼개는 참격.

단순한 내려침.

깔끔하고 군더더기 없는 움직임이었다.

그날, 홍원이 전장에서 보여주었던 바로 그 참격이었다.

콰콰콰쾅!!!!

두 검의 부딪힘은 거대한 폭음을 터뜨리며 그들이 함께 있는 건물을 날려 보냈다.

함께 있던 이들은 터져 나오는 기운의 향연 속에서 몸을 건사하기 위해 내공을 끌어 올리며 이를 악물었다.

이번 격돌은 구양벽이 약간의 이득을 취했다. 부딪히는 순간 홍원이 반 발짝 뒤로 물러난 것이다.

구양벽이 그 모습을 확인하고 씨익 웃음을 지었다.

이겼다 생각한 것이다.

그 순간 왼팔이 화끈했다.

어느새 눈앞에 나타난 홍원의 왼손에 들린 도가 그의 왼팔을 자른 것이다.

툭!

팔이 떨어지는 소리가 낮게 울리며 어깻죽지에서 붉은 피가 터져 나왔다.

"크윽."

구양벽이 비틀거리며 물러났다.

"그렇게 뒤가 없는 일 초를 사용하고 만족할 때가 아닌 것 같군요."

그랬다.

고작 겨우 그날의 참격을 한 번 감당해 내는 정도로 만족하다니.

홍원이 일부러 그날의 참격을 똑같이 사용했기에, 반걸음 물러난 것이다.

모든 힘을 쏟아부은 구양벽은 그 반걸음에 만족했고, 뒤이은 홍원의 움직임은 전혀 느끼지 못한 것이다.

구양벽은 이를 악물고 홍원을 노려보았다.

그러나 그의 두 눈은 공허했다. 상대가 괴물인 줄은 알았으나 이토록 허무하게 당할 줄이야.

그래서였다.

흘러나오는 피를 지혈할 생각도 하지 못하고 있었다.

홍원이 지풍을 날려 그의 혈을 짚었다. 그는 아직 건재해야 했다.

마황성을 맡길 생각이었기에 그저 왼팔만 자르는 것으로 끝내지 않았던가.

그를 응징할 생각이었으면 잘린 것은 팔이 아니라 목이었을 것이다.

홍원은 주변을 둘러보았다.

이미 이곳은 폐허로 변해 버렸다. 요란한 폭음에 사방에서 무사들이 몰려왔으나 한쪽 팔이 잘린 성주의 모습에 어쩔 줄을 몰라 하고 있었다.

마도팔문의 일곱 문주들은 기가 질린 얼굴로 홍원을 보고 있었다.

단숨에 패무평의 목을 베는 성주를 보고 경악했는데, 그런 성주를 어린아이 다루듯이 하다니.

괴물, 괴물 말로만 듣는 것과는 달랐다.

눈앞에서 직접 목도하니, 이것은 그야말로 재앙이었다. 이제야 일 년의 흐름이 옅게 만들어둔 그날의 공포가 다시 떠올랐다.

저런 이를 고작 기관으로 어찌하겠다고 작당 모의를 하였다니.

여섯의 시선이 절로 구랍을 향했다.

다리가 잘린 당하독과 부만웅의 두 눈에는 초점이 없었다.

성주조차 감당 못 하거늘, 자신들을 노리고 찾아온 홍원의 손에서 어찌 살아날까.

마침 홍원의 시선이 그들과 마주쳤다.

감히 그를 똑바로 바라보는 이가 없었다. 모두 슬그머니 시선을 돌렸다.

저벅저벅.

홍원이 걸음을 옮겼다. 그 방향은 부만웅과 당하독을 향했다. 이제 자혜원의 빚을 받을 차례라 여긴 것이다.

초점 없는 두 사람의 눈이 잘게 떨렸다.

생에 대한 욕구만은 남아 있었다. 하지만 어떻게 해도 살아남을 수 없음을 직감했기에 그저 그러고 있었다.

그 순간.

쐐액.

단검 한 자루가 날카롭게 홍원을 향해 날아갔다.

홍원은 가볍게 단검을 쳐냈다. 그리고 그것이 날아온 방향을 바라보았다.

구랍이었다.

그는 전력을 다해 도망가고 있었다.

홍원은 피식 웃었다. 설마 이런 같잖은 도발을 할 줄은 몰랐다.

자신에게 단검을 던진 이도 설마 자신이 그것을 어쩌지 못할 것이라 생각하지는 않았을 터.

홍원은 힐끗 이 자리에 있는 인물들을 둘러본 후, 자신과 함께 온 두 여인을 잠시 보고는 땅을 박찼다.

감히 두 여인을 어쩌지는 못할 것이다.

더군다나 구양벽이 왼팔이 잘린 이상 단리유화를 상대할 수 있는 이도 없었다.

홍원이 빠르게 달렸다. 홍원의 실력에 비해 경공이 조금 손색이 있는 것은 사실이지만, 그것은 어디까지나 홍원의 실력에 비해서다.

일반적인 무인들과 비교했을 때, 절대적인 속도로만 본다면 무시무시하게 빠른 경공이었다.

순식간에 구랍의 뒤를 따라잡았다.

살수임에도 구랍은 빨랐다. 아마 그가 익힌 무공 중 가장 뛰어난 것이 경공인 듯했다.

그렇게 두 사람은 순식간에 마황성 밖으로 달렸다.

'빌어먹을. 이렇게 발버둥이라도 쳐야지.'

구랍은 이를 악물었다.

자신들이 준비한 진법이 홍원을 어찌하지 못할 것이라는 건 잘 알았다. 그럼에도 지금 그곳으로 유인해 가는 이유는 단 하나였다.

도주를 위한 시간 벌이.

홍원이 진법 속으로만 들어간다면, 그 즉시 중원 밖 새외로 도주할 것이다.

선우 황실이고 뭐고 어찌 되든 상관없었다.

일단 자신이 살아남아야 했다.

이런 괴물을 직접 보고 나니, 그간 자신이 꿈꾸던 것들이 모두 부질없어 보였다.

지금 당장에라도 등 뒤에서 참격이 떨어져 자신을 쪼갤 것만 같은 공포와 싸우며 전력을 다해 달렸다.

그 뒤를 쫓는 홍원도 생각이 많았다. 이 모습은 어떻게 봐도 자신을 유인하고 있는 것이다.

과연 이런 뻔한 수작에 어울려 줄 가치가 있을까란 생각을 한 것이다.

거의 모두 따라잡았다.

조금만 더 가면 완전히 잡을 수 있겠지만, 그냥 검만 던져도 능히 죽일 수 있었다.

'어떻게 한다?'

막 결정을 내리려는 찰나, 홍원이 쫓던 자가 땅속으로 사라졌다.

'됐다.'

구랍은 환희에 몸을 떨었다.

어떻게 기관까지 놈을 유인하는 데 성공한 것이다. 기관의 입구로 서둘러 몸을 날렸다.

이제부터는 자신 있었다. 자신은 중간에 마련된 유일한 생로를 통해 몸을 빼고는 그곳을 폐쇄할 것이다.

그러면 진은 이제 오직 사로만이 남게 된다.

그리고 곧장 도주할 것이다. 저 진이 과연 얼마나 홍원을 잡아줄까?

홍원은 그 자리에 멈춰 섰다.

"기관진식이었군."

그가 사라진 구멍만 봐도 알 수 있었다. 그렇게 간절하게 도망치며 자신을 이곳으로 유인한 이유가 눈앞에 있었다.

물론 그도 자신을 이런 진법으로 어찌할 수 있을 것이라 생각지는 않았을 것이다.

"시간을 끌기 위함이었던가?"

홍원은 그리 생각한 순간 기감을 넓혔다.

다행히 단리유화와 곡비연이 남아 있는 곳은 아무 이상이 없었다.

이번에는 홍원의 기감이 기관진식 속으로 퍼졌다.

"진법보다는 기관의 역할이 더 크군."

진법은 기운을 비틀어 조화를 부린다. 그 때문에 간혹 홍원의 기감이 통하지 않을 때가 있었다.

하지만 이곳은 홍원의 기감이 통했다.

홍원은 기감으로 기관진식을 샅샅이 훑었다. 이것이 천하 십대절진 중 두 가지가 동시에 펼쳐진 곳임을 홍원은 알지 못했다.

진법에 대한 지식이 거의 없었기 때문이다.

다만, 한 가지는 알고 있었다.

알고 일부러 당해줄 필요는 없다는 것을 말이다.

홍원은 굳이 진법의 입구 속으로 쫓지 않았다. 그렇다고 순순히 도망가게 둘 생각도 없었다.

저벅.

홍원이 허공으로 걸음을 내디뎠다.

아무것도 없었건만, 마치 보이지 않는 계단이 있는 양, 홍원은 허공으로 걸어 올라갔다.

허공답보(虛空踏步)의 경지에 오른 신법이 펼쳐지고 있었다.

홍원은 무심한 얼굴로 천천히 그렇게 허공을 걸어 올라갔다.

주변을 장악한 기감은 자신이 뒤쫓던 자가 저 땅속에서 무척이나 바쁘게 움직이고 있음을 알려주었다.

주변을 둘러보니 제법 큰 장원이었다.

마황성의 옆에 바로 붙어 있는 장원이라니. 이곳으로 오는 동안 곡비연이 마황성에 대해 설명해 준 내용을 떠올렸다.

마황성의 서쪽에 자리한 곳이니.

"귀혼문이로군."

마도팔문 중 귀혼문의 장원이 마황성의 서쪽에 붙어 있다 했다. 마황성을 사방에서 호위하는 형국 중 하나라고 했던가.

"그렇다면 귀혼절멸진이로군."

홍원은 고개를 끄덕였다.

마황성의 본성으로 오는 동안 곡비연을 통해 많은 것을 들었다.

그중 천하십대절진 중 두 가지를 마황성이 보유하고 있다고 했었다.

귀혼문의 귀혼절멸진과 천독문의 천독만해진이 그것이었다.

"굳이 어울려 줄 이유가 없지."

그렇게 중얼거린 홍원의 양손에 검과 도가 들렸다. 이미 강기를 잔뜩 머금고 있었다.

홍원은 한 손에는 검을, 한 손에는 도를 들고는 허공을 밟으며 무유팔절검해를 펼쳤다.

오로지 검 한 자루로 펼치던 검법이 홍원의 손에 새로이 달라져 있었다.

그렇게 무유팔점검해의 초식에 따라 허공에서 어지러이 움직이는 검과 도는 바닥을 향해 무시무시한 강기를 쏘아냈다.

콰쾅! 콰콰콰쾅!

진법은 그렇게 무너지고 있었다.

홍원의 날리는 무시무시한 참격은 그대로 기관진식 속의 사람들까지 함께 무너뜨렸다.

자욱하게 피어오르는 흙먼지를 잠시 지켜본 홍원은 그대로 몸을 돌렸다.

마황성은 그대로였다.

단리유화가 내공을 끌어 올린 채 경계를 하고 곡비연은 그 뒤에 숨어 있었다. 잔뜩 몰려들었던 무사들은 사라지고 없었다.

구양벽이 물린 듯했다.

잠시 사이에 그의 얼굴은 핼쑥하게 변해 있었다. 홍원이 지혈을 해준 잘린 팔은 대강의 처치를 한 듯했다.

"왔군……."

홍원을 보고 구양벽이 말했다.

그런 홍원의 모습을 본 부만웅과 당하독의 얼굴은 절망으로 물들었다.

구랍이 홍원을 달고 도주한 뒤, 무언가에 희망을 건 듯했다. 그들의 얼굴에 맺힌 감정을 홍원이 읽었다.

"혹시 내가 진법에 갇히기를 원했나 보군."

그 말에 그 둘의 얼굴에 어린 절망은 더욱 진해졌다.

"진법에는 귀혼문주 혼자 들어갔다. 나는 진법째로 그를 그곳에 묻어줬고."

영문을 알 수 없는 말이었다. 그러나 다시 한 번 곱씹어보니 무슨 의미인지 알 수 있었다.

그 말을 믿어야 한단 말인가.

다른 이가 저 말을 했다면 미친 소리라며 비웃었을 것이다.

어찌 인간이 홀로 진법을 무너뜨린단 말인가.

하지만 저 괴물이라면 가능할 듯했다.

더욱이 귀혼문의 지하에 위치한 귀혼절멸진에 직접 천독만 해진을 더했던 당하독의 얼굴이 더욱 가관이었다.

진법째로 묻어주었다는 말이 그에게는 훨씬 실감나게 다가왔다. 홍원이 귀혼문의 귀혼절멸진의 입구를 보았다는 의미였으니까.

"진, 진정 인간이 맞단 말이냐?"

당하독이 떨리는 목소리로 물었다.

그 물음에 홍원은 고개를 끄덕였다.

"난 오히려 네놈들에게 인간이 맞는지 묻고 싶군. 네놈들이 벌인 그 잔혹한 짓을 보면 말이야."

홍원의 두 눈은 차갑기 그지없었다. 그는 그 둘을 향해 천천히 걸음을 옮겼다.

두 사람은 모든 것을 체념했는지 두 눈을 감았다.

홍원의 검은 망설임 없이 부만웅과 당하독의 목을 베었다.

다른 이들은 모두 그 광경을 지켜보기만 했다. 감히 나서서 막을 생각을 할 수 없었다.

마도팔문의 문주는 이제 고작 넷이 남았을 뿐이다.

홍원이 구양벽을 돌아보았다.

"혈검문과 천독문의 무인들은 어디에 있소?"

그들의 본 문에는 개미 새끼 한 마리 없었다. 홍원의 물음에 구양벽의 시선이 금사윤을 향했다.

"귀, 귀혼문에 자리를 잡은 것으로 알고 있습니다."

홍원은 그 대답에 기억을 다시 더듬었다.

기관진식을 파괴할 때 느꼈던 수많은 기척들이 귀혼문의 사람만이 아니었던 것이다.

"다시 가봐야겠군."

홍원의 말에 그 자리에 있던 이들의 등에는 식은땀이 송골송골 맺혔다.

절대 적으로 돌려서는 안 될 사람임을 절실히 느꼈다. 이미 적으로 돌렸지만 말이다.

"우선 먼저 해결할 일을 마치고서."

그리 말한 홍원은 몸을 돌려 구양벽을 향했다. 자신을 향해 다가오는 홍원의 모습에 움찔했지만 주눅이 들지는 않았다.

이유가 있다 여겼다.

마음만 먹으면 자신의 왼팔이 아닌 목을 자를 수도 있었다. 그러나 왼팔만 자른 것을 보면 분명 무슨 의도가 있는 듯했다.

"이야기를 좀 했으면 하는군요."

두 사람의 시선이 잠시 얽혔다.

"따라오게."

구양벽이 먼저 걸음을 옮겼다. 홍원이 그 뒤를 따랐고, 자연스레 단리유화와 곡비연이 뒤를 이었다.

"후우."

그제야 그 자리에 남은 이들은 깊은 한숨을 내쉬었다.

이제야 살았다는 실감이 든 것이다.

성주의 등장에서부터 홍원의 등장까지 정말로 정신없이 일이 진행되었다.

"이제 우리는 어찌 되는 걸까요?"

요화문주 사문희가 허망한 얼굴로 중얼거렸다.

당장의 위기는 넘겼으나 아직 모든 것이 끝난 건 아니다. 아니, 일단 자신들은 성주를 배반하기로 작당 모의를 하다가 그 현장을 들키지 않았던가.

"으윽."

얼굴을 잔뜩 찌푸린 채 금사윤이 몸을 일으켰다. 여전히 온몸이 통증으로 비명을 질렀다.

"그야 성주께서 결정하실 일이외다."

금사윤이 세 사람을 둘러보며 말했다.

"큭큭큭."

그 말에 맹력이 웃음을 흘렸다. 모든 것을 포기한 듯한 얼굴이었다.

허진 역시 허망한 얼굴이었다.

아들의 복수를 할 수 있을 것이라 여겼건만 모두 부질없게 되어버렸다.

그사이 마황성의 무사들이 그 자리에 몰려들었다.

"죄인들을 뇌옥으로 압송하라!"

금사윤의 외침에 무사들은 세 문주를 포박해 끌고 갔다. 그들은 반항을 할 법도 하건만 순순히 묶였다. 무공을 금제당했음은 물론이다.

그 시각.

홍원은 마황성의 대전에서 구양벽과 마주하고 있었다.

"그래, 무슨 용무가 있어 이 늙은 목숨을 살려두었지?"

"마황성의 영역에는 쓰레기들이 너무 많더군요."

홍원은 담담히 답했다. 쓰레기라는 말에 구양벽의 눈썹이 꿈틀했지만 그뿐이었다.

"마황성의 영역에 볼일이 있어 둘러보면서 절감했지요. 마도인들이 너무 방치되고 있는 건 아닌가 하고."

"그래서?"

"제대로 관리를 좀 해주시면 좋겠군요."

홍원의 대답에 하나 남은 주먹이 꽉 쥐어졌다. 그렇잖아도 얼마 전에 황제의 칙사가 했던 말을 홍원이 하고 있었다.

자신이 황제라도 된단 말인가?

과한 참견이다.

그리 생각하는 순간 구양벽의 기세가 다시금 끓어올랐다.

"거부한다면?"

구양벽의 물음에 홍원이 싱긋 웃었다. 그러나 그 웃음은 스산하기 그지없었다.

"전부 지워야지요."

오싹했다.

그 말을 하는 순간 그런 오싹함이 구양벽의 전신을 훑고 내려갔다.

"저도 그걸 바라는 것은 아닙니다. 흘릴 피가 너무 많아요.

제 개인적인 복수를 제외하더라도, 이곳이 사람 살 만한 곳은 되어야지요. 지금은 너무 무법천지더군요."

"으음."

구양벽은 입술을 깨물었다.

지금 상황이 마음에 들지 않았다. 하지만 그렇다고 자신이 할 수 있는 것이 아무것도 없었다.

결국 눈앞의 사내는 자신을 이용하기 위해서 살려둔 것이다. 그것을 알고 있음에도 순순히 이용을 당해야 한다는 현실이 못내 짜증이 났다.

하지만 방법이 없었다.

마황성만은 지켜야 했다.

전부 지운다고 했으니, 자신만 죽고 끝날 일이 아니었다.

"허탈하군."

알 수 없는 말에 홍원이 고개를 갸웃거렸다.

"천하를 도모하려 하였건만 이렇게 좌절되다니."

그 말에 홍원이 피식 웃었다.

"천하란 사람들이 모여 저마다의 삶을 영위하는 곳이지, 누군가가 도모할 곳은 아닙니다."

그 말을 끝으로 홍원은 의자에서 일어났다.

"아, 그리고 마도팔문의 남은 네 사람."

그 말에 구양벽이 다시 한 번 움찔했다. 자신을 배신한 이들이다. 이 난리가 정리되는 대로 응분의 대가를 치르게 할 속셈이었다.

"제가 좀 써야 하겠습니다."

"그게 무슨 말인가?"

당혹한 음성이었다.

"제 눈과 귀를 마황성에 둔다고 생각하십시오."

홍원은 그 말을 끝으로 대전을 나섰다. 그러고는 마황성의 객당으로 향해 자리를 잡았다.

이 난리가 정리될 때까지 마황성에 자리를 깔고 있을 속셈이었다.

물론 그사이에 귀혼문을 다시 찾아 혈검문과 천독문의 무사들을 쓸어버렸다.

무공을 모르는 여인과 아이, 노인들을 제외하고는 살아남은 이들은 그야말로 아무것도 모르는 말단 무사들이 겨우였다.

그야말로 진한 피가 홍원의 손에 묻었으나, 홍원은 번뇌하지 않았다.

칼바람이 온몸을 난도질하는 듯했다.

사막의 바람도 날카로웠으나, 북해의 바람에 비할 바는 아니었다.

선우평은 이를 악물었다.

가고 싶지 않았으나 가야 했다.

흥수를 찾아가는 그의 발걸음은 좀처럼 떨어지지 않았다. 그랬기에 예정보다 훨씬 시간이 많이 걸렸다.

"흥수라……."

지금도 고민하고 번뇌했다.

그럼에도 핏줄이라는 것 때문일까? 느리게나마 선우평은 선우예극이 알려준 장소를 향해 가고 있었다.

그의 손에는 천 년의 세월을 뛰어넘은 양피지 지도가 들려 있었다.

신기했다.

천 년의 세월이 흘렀으니, 지형이 많이 변했다. 지도가 있으되 지도로 찾을 수 있는 곳이 아니었음에도 선우평은 길을 잃지 않았다.

무엇엔가 이끌리는 것처럼 선우평은 북해의 칼바람과 눈보라를 헤치며 한 곳을 향해 걸음을 옮겼다.

그렇게 북쪽을 향해 끊임없이 걸음을 옮긴 끝에 선우평은 거대한 얼음벽을 마주할 수 있었다.

이곳임을 직감할 수 있었다.

지도에 얼음벽 따위는 표시되어 있지 않았다. 다만 선우평의 내부에 잠들어 있던 암천이 날뛰었다.

아무것도 하지 않았음에도 남아 있는 삼 할의 기운이 선우평의 몸을 가득 채우더니 손끝으로 흘러나왔다.

파사삭.

양피지는 순식간에 재가 되어 사라졌다.

그렇게 흘러간 암천의 기운은 얼음벽 속으로 흘러들어 갔다. 선우평이 흡수하지 못해 남겨두었던 모든 기운이 그렇게 얼음벽 속으로 사라졌다.

크르르르릉!

거대한 소리가 울리며 진동과 함께 얼음벽이 흔들렸다.

쿠콰콰콰쾅!

얼음벽 한 곳이 무너졌다. 그리고 검은 동굴이 입을 벌리고 있는 자리가 나타났다.

선우펑은 그곳으로 걸음을 옮겼다.

기운의 이끌림이었다. 암천의 기운이 선우펑으로 하여금 그곳으로 가게 하였다.

동굴에 들어서니 벽을 따라 글자가 깊게 파여 있었다.

엄청난 식욕으로 무엇이든 먹어치운다.

자신은 일하지 않고 남의 소유물을 빼앗는다.

강한 자에 굽실거리며 약한 자를 괴롭힌다.

한 글자 한 글자를 읽으니 정말로 마음에 들지 않는 내용뿐이었다.

선우펑의 얼굴이 절로 찌푸려 들었다.

벽에 적힌 이 글은 아마도 흉수에 대한 설명이리라.

이런 존재에게 힘을 받아 중원을 지배했다니, 자신의 선조에 대한 역겨움이 치밀어 올랐다.

벽에 쓰인 대로라면 흉수라는 존재는 싸워 없애야 할 존재이지, 힘을 받아야 할 존재가 아니었다.

그 글이 끝나는 부분, 두 글자의 이름이 있었다.

흉수의 이름이리라.

도철(屠轍).

"도철이라……."

들은 적이 있는 이름이다.

정확히는 전설 속에나 남아 있는 이름이다.

멀고 먼 옛날, 기록에도 남아 있지 않은 아득한 옛날.

천하를 혼란으로 물들였던 사흉수.

그중 하나 도철.

설마 조부가 말한 흉수가 그 흉수일 줄이야. 상상도 못 했던 일이다.

선우평은 걸음을 우뚝 멈춰 섰다.

천륜이라는 이유만으로 과연 이 흉수를 깨워야 하는 것인가?

꽉 쥔 두 주먹이 부르르 떨렸다. 선우평은 입술을 깨물었다.

그리고 결정을 내렸다.

몸을 돌려 이곳을 나가려는 찰나.

동굴의 끝에서 검은 기운이 스멀스멀 흘러나와 촉수와도 같이 선우평을 휘감았다.

[어서 오너라, 후손이여. 오랜 세월의 기다림이었도다.]

그렇게 선우평은 검은 기운에 끌려갔다.

'너무 늦은 것인가?'

선우평은 이를 악물었다.

'조부님, 대체 이렇게 해서 차지하는 천하가 무슨 의미가 있는 것입니까?'

선우평의 두 눈이 공허하게 변했다.

조부는 분명 이곳에 잠든 흉수가 도철임을 알고 있었을 것이다. 자신이 그 존재를 안다면, 아무리 천륜이라 하더라도 가지 않을 것임을 알고 흉수라고만 한 것이리라.

빛 한 줄기 들어오지 않는 깊은 어둠 속으로 끌려 들어가니, 이윽고 거대한 동공이 나타났다.

그곳에 엎드려 있는 거대한 존재가 가만히 선우평을 내려다보았다.

[좋군.]

"무엇이 말이냐?"

선우평은 어느새 구속에서 해방되어 있었다.

[설마 암천의 기운을 이렇게 완벽하게 흡수하는 이가 선우가의 혈통에서 나타날 줄은 몰랐다. 아이야, 내가 천 년의 세월을 기다린 보람이 있구나.]

불길한 목소리가 머릿속에 울렸다.

선우평은 황급히 검을 뽑았다. 선우 황가의 황검이었다.

암천의 정수를 흡수한 강기가 검에 맺혔다.

엎드려 있던 도철은 몸을 일으켰다.

과연 생김새는 전설에서 전하는 대로였다. 인간의 머리에 뿔이 달려 있었고, 양과 같이 털로 뒤덮인 몸에 호랑이와 같은 날카로운 송곳니가 삐죽 튀어나와 있었다.

그 크기는 능히 이십 척(약 6미터)은 되는 듯했다.

인간의 머리를 가졌기에 그 눈빛을 볼 수 있었다. 그것은 먹음직스러운 먹이를 눈앞에 둔 맹수의 그것이었다.

"네… 네가 사흉수 중의 도철이냐?"

선우평은 떨리는 목소리로 간신히 물었다.

[사흉수라… 세상은 그리 기억하고 있군, 크크크.]

머릿속에 울리는 그 의지는 흉험하기 그지없었다.

[너무도 오랜 옛일이라 모르겠구나, 아이야. 다만 네 선조들이 중원을 지배한 것은 내 힘을 빌렸기 때문이란다.]

그것은 이미 알고 있던 일이다.

[정확히는 내 아이를 잉태하였기 때문이지.]

예상치 못한 말에 선우평은 두 눈을 부릅떴다.

[당시 천하의 패권을 다투던 수많은 가문 중 네 가문의 선조가 자신의 딸을 데리고 이곳을 찾아왔다. 어디서 어떻게 알게 된 것인지… 내가 홀로 나가면 분명 그 빌어먹을 놈들에게 다시 쫓길 것을 알았는지 훌륭한 편법을 알아왔더구나, 크크크.]

"그… 그것이… 말이 된다고……."

선우평은 믿지 않겠다는 듯 떨리는 목소리로 말했다.

[큭큭, 그깟 인간의 모습이 되지 못할까?]

기운이 요동을 치면서 검은 안개가 도철을 휘감았다. 검은 안개가 사라지자 사나운 인상을 지닌 커다란 덩치의 사내가 있었다.

입술 밖으로 삐죽 솟아오른 송곳니와 갈기와도 같은 수염, 그리고 세로로 길쭉한 동공을 가진 맹수와도 같은 인상이었다.

"이 정도는 어려운 일도 아니지. 조금 힘들기는 하지만, 아이

하나 잉태시키는 정도야, 크크."

선우평은 두 눈을 부릅뜨고 그 모습을 보았다. 온몸이 덜덜 떨렸다.

그 말대로라면 자신에게도 저 흉수의 피가 흐르고 있다는 것 아닌가.

그사이 도철은 본래의 모습으로 돌아갔다. 그의 말대로 어렵지는 않지만, 힘은 드는 듯 굳이 인간형의 모습을 취하려 하지 않았다.

[암천은 나의 기운이지. 그것을 보통의 인간이 다룰 수 있을 리가 없지. 너희 가문이 내 기운을 다룰 수 있었던 이유는 내 피를 일부나마 가졌기 때문이다.]

그 말에 선우평은 그가 가지고 있던 의문 중 하나를 풀 수 있었다.

선우씨가 아닌 사람들은 좀처럼 북명패황검을 극성으로 익히지 못했다. 선우가에서도 출중한 재능을 지닌 이들만이 완성할 수 있지만, 아무리 뛰어난 재능을 가져도 선우씨가 아니면 도무지 어느 한계를 넘지 못했다.

천 년의 역사 동안 계속해서 그래왔었다.

[사실 그 아이를 잉태해서 내보낸 것은 나에게도 실험이었다. 과연 내 장인이라고 해야 할까? 그 인간이 제시한 방법이 효과가 있는지 말이다.]

선우평의 눈에 도철이 히죽 웃고 있는 듯했다.

그는 자신이 이룬 일에 대해 자랑하고 싶어죽겠다는 듯이 선우평에게 떠벌리고 있었다.

[과연 효과가 있더군. 내 힘이지만, 제대로 확신을 못 하는지 아무런 움직임이 없었지, 크크크. 그래서 나는 또 다른 계획을 세웠다. 이 지긋지긋한 북해의 동굴에서 벗어나기 위해서 말이다.]

도철은 이곳에 자의로 웅크리고 있는 것이 아닌 듯했다. 무엇인가로부터 피해서 숨어 있는 듯이 말하고 있었다.

[네 선조들은 황제가 바뀔 때마다 한 번씩 나를 찾아왔다. 덕분에 천하 정세를 알 수 있어서 심심하지 않았지. 게다가 새로운 계획도 순조로웠고 말이다.]

이런 흉수의 힘으로 이룬 황실이었다니. 차라리 망하는 게 맞는 것이 아닐까란 생각이 들었다.

지금 이 자리에서 그냥 죽는 게 낫다는 생각도 들었다.

그러나 선우평은 꼼짝도 할 수가 없었다. 이미 도철의 기운에 완벽하게 제압된 상태였다.

[하늘이 도운 것인지, 마침 준비가 끝났을 때 네놈의 선조들이 망했더구나. 북궁가라는 녀석들에게 밀려났어, 크크크. 그리 폭정을 일삼았으니 그럴 수밖에.]

"폭정?"

힘이 빠져 제대로 움직이지 않는 입을 억지로 움직여서 물었다.

[나는 도철이다, 크크. 그런 나의 욕구를 만족시켜 줘야 하지 않겠는가? 황제가 즉위할 때마다 나를 찾아온 이유 중 하나도

그것이지.]

선우평의 몸이 부르르 떨렸다.

동굴 벽면에 쓰여 있던 글귀가 떠오른 탓이다.

과연 자신의 선조는 백성들에게 무슨 짓을 한 것일까? 선우평은 두 눈을 질끈 감았다.

[내가 놈들의 눈에 띄지 않고 이곳을 빠져나갈 방법은 합일이다, 큭큭. 인간의 핏속에 들어간 내 기운을 놈들이 느끼지 못함을 확인했기에 생각할 수 있었던 방법이지.]

'합일?!'

선뜻 이해할 수 없는 말이었다.

[암천은 본디 나의 기운. 천 년간 가득 키운 그 기운을 전해 주었다. 복수의 칼을 갈며 그렇게 오랜 세월 대대로 암천의 기운을 전승하여 키운 후 그것을 온전히 흡수할 수 있는 인간이 있다면 아주 좋은 일이지.]

선우평의 등은 식은땀으로 축축이 젖어들었다. 도철이 말하는 인간이 자신인 것을 직감한 것이다.

[그 정도의 기운을 온전히 흡수할 수 있다면, 나와 합일하더라도 나의 힘을 감당할 수 있을 테니까. 쉬이 나타나지 않을 것이라 여기고 나 역시 소모한 암천의 기운을 보충하기 위해 잠에 들었다. 네가 절대 흡수하지 못한 나머지 기운은 그런 나를 깨우기 위한 안배였지, 큭큭큭.]

도철의 의지에는 기쁨이 가득했다.

오랜 세월 기다려 온 자신의 안배를 드디어 실현될 때가 왔음에 느끼는 기쁨이었다.

［설마 그 세월이 다시 천 년일 거라고는 생각지도 못했다만, 그런 건 아무래도 상관없지.］

"하, 합일이라니?"

선우평은 자신의 머리에 떠오른 불길함을 확인하기 위해 있는 힘을 다해 물었다.

［이미 알고 있지 않느냐? 너와 내가 하나가 된다는 것이지. 물론 너는 내 기운을 놈들이 느끼지 못하게 가려줄 장막이 되는 것이다, 흐흐흐.］

"그, 그러면……."

［물론 네놈은 사라지는 것이지. 온전히 나 도철만이 남는 것이다, 하하하! 그리고 억겁의 세월 만에 내가 세상에 다시 나가는 것이다, 크하하하하하!］

선우평은 얼굴을 찡그렸다.

그의 쩌렁쩌렁한 웃음이 머리를 울린 탓이다.

'마, 막아야 한다.'

조부가 원망스럽고도 원망스러웠다. 조부는 당연히 이런 사실을 전혀 모를 것이다. 오직 황가의 부활만을 생각하며 살아오신 분이다.

자신의 가문이 천 년의 세월 동안 이 흉수에게 이용을 당했다니. 아니, 자신의 핏속에 이 흉수의 피가 흐른다니.

흉수 도철을 세상에 나가게 하는 것은 천하에 죄를 짓는 일이었다.

이미 온몸이 제압당해 꼼짝도 할 수 없는 상태.

그러나 입과 혀만은 조금씩 움직였다. 그래서 겨우겨우 말을 하지 않았던가.

선우평은 온몸의 힘을 끌어모아 있는 힘껏 혀를 깨물었다.

자신의 생을 끊는 방법은 현재로서는 그것밖에 없었다.

저놈이 이곳을 나가지 못하게 하려면 자신과 합일을 할 수 없게 해야 한다.

지금까지의 대화로 유추하건데, 자신이 살아 있어야 그 합일 이라는 것이 가능한 듯했기에, 선우평은 망설임 없이 스스로의 생을 끊는 것을 택했다.

[어딜!]

그런 선우평의 낌새를 느꼈음인가?

검은 기운이 선우평의 입속으로 흘러들었다. 입가로 피가 흘렀다.

힘이 없었기에, 혀에 살짝 상처만 나고 말았다.

[선우가의 아이답지 않게 심성이 곧구나, 큭큭. 내 피가 그만큼 희미해진 것인가? 온갖 욕망이 가득한 아이들이었거늘.]

도철은 재미있다는 얼굴로 선우평을 바라보았다.

그의 얼굴은 환희로 가득했다. 무려 이천 년에 걸친 그의 안배가 드디어 이루어진다는 성취감의 희열에 몸을 떠는 듯 했다.

도철의 몸이 점차 검은 연기로 화했다. 검은 연기의 광풍이 되어 사방을 몰아치더니 이윽고 선우평에게로 향했다.

선우평의 눈, 코, 입, 귀, 항문, 성기까지.

외부와 교통이 되는 구멍이란 구멍 모든 곳으로 검은 연기가
파고들기 시작했다.

'커, 커억… 사, 사부님……'

우습게도 이 순간 가장 먼저 떠오르는 이들은 선우가의 가
족들이 아니었다.

언제나 인자하게 자신을 바라봐 주던 사부, 모용백이었다.

사제와 사매의 얼굴도 스쳐 지나갔다.

사숙과 여러 장로, 호법들, 경천회의 식구들의 얼굴 하나하
나가 머릿속에 떠올랐다.

절로 눈물이 흘렀다.

고작 이렇게 천하를 파탄 낼 흉수를 세상에 내보내기 위해
자신이 그곳을 떠났나 하는 후회가 선우평의 머리를 가득 채
웠다.

마음이 정명하고 단단하면, 그 의지는 굳건하여 감히 사마가
침습하지 못한다.

능히 마귀를 참륙할 수 있으니 맑고 맑은 혼을 강하게 벼리거라.

그 순간 사부의 말이 떠올랐다.

모용가문의 독문심법이자, 경천회주의 제자들에게만 전수되
는 신공.

청청혼강심법(淸淸魂强心法).

선우평이 은밀히 익히고 있던 그 어떤 무공과도 충돌하지 않

아 익혔던 심법이다.

　청청혼강심법을 운용하노라면 마음이 편안해지고 정신이 맑아지는 느낌이었기에, 어찌 보면 북명패황검의 심법보다 더 열심히 수련하지 않았던가.

　떠올리는 순간, 선우평의 단전에 있는 내공이 움직였다.

　그 전에는 꼼짝도 하지 않던 것이었다.

　청청혼강심법의 구결과 경로에 따라 내공이 느릿느릿 움직였다.

　[큭큭, 재미난 것을 익혔구나. 암천만을 가진 것이 아니었어. 하지만 고작 이런 하찮은 것으로 나를 거부할 수 있을 것 같으냐! 크하하하!]

　그것이 선우평이 마지막으로 기억하는 말이었다.

　공동은 검은 연기로 가득 찼다.

　검은 연기는 쉬지 않고 선우평의 몸의 구멍을 들락거렸고, 그의 몸은 서서히 떠올랐다.

　사방의 검은 연기는 선우평을 중심으로 모여들었다.

　둥근 구체를 형성하여 점점 더 진해지더니, 그 내부를 볼 수 없는 거대한 검은 구슬이 되었다.

　마치 애벌레가 나비가 되기 위해 만드는 고치와 같았다.

　거대한 공동에는 다시금 고요가 내려앉았다.

　조금 전까지 흉물스러운 괴수가 있었던 곳이라고는 생각도 되지 않는 곳이었다.

         *   *   *

"흐음……."

찻잔이 살짝 흔들렸다.

그런 찻물을 내려다보는 산인의 안색이 침중했다.

"허어, 이 기운은 분명……."

초옥 밖으로 나와 하늘을 올려다보는 그의 안색은 어두웠다. 찰나지간이었지만 분명히 느꼈다.

"산인, 이게 대체."

등 뒤에서 들리는 소리에 산인이 몸을 돌렸다.

"산록이더냐. 너도 느꼈느냐?"

산인의 말에 산록이 고개를 끄덕였다.

"이제 너도 영수의 경지를 넘어서려 하는구나."

"짧지만 무척이나 기분이 나쁜 그것은 무엇입니까."

산록의 말은 홍원을 만났을 당시에 비해 많이 자연스러워졌다.

"마기지. 북면의 마혈에서 뿜어져 나오는 순수한 마기의 결정체."

"어, 어떻게."

그 기운은 아주 먼 곳에서 잠깐 나타났다가 사라졌다.

"그러게 말이다. 아주 멀고 먼 옛날에 도망쳐 나간 흉수가 있다는 전설은 들었다만… 설마 그 흉수는 아니어야 할 텐데."

산인의 목소리는 무겁기 그지없었다.

"중심까지 전해졌을까요."

그 말에 산인이 고개를 저었다.

"모를 일이지."

"그러면 어떻게 해야 하는 겁니까."

산록의 물음에 산인은 다시 한 번 고개를 저었다.

"지금으로서는 방도가 없구나. 너무 짧게 지나간 느낌인지라……."

산인이 느낀 것은 선우평이 동굴의 입구를 열 때, 아주 짧은 시간 흘러나온 도철의 기운이었다.

너무나 멀리 떨어져 있고, 너무나 작은 기운이었기에 느낄 수 없는 게 정상이었건만, 산인과 산록은 그 낌새를 느꼈다.

"대체 무슨 일이 일어나려 하는 것인지, 쯧쯧."

잠시 하늘을 올려다본 산인은 그리 혀를 차고는 몸을 돌려 초옥으로 다시 들어갔다.

『홍원』 9권에 계속…

초대형 24시 만화방

신간 100%, 샤워실, 흡연실, 수면실(침대석), 커플석, 세탁기 완비

■ 시흥 정왕25시점 ■

경기 시흥시 정왕동 1742-13 미스터피자 건물 5층
031) 319-5629

■ 강북 노원역점 ■

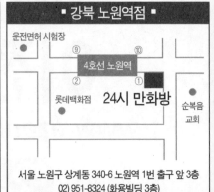

서울 노원구 상계동 340-6 노원역 1번 출구 앞 3층
02) 951-8324 (화용빌딩 3층)

■ 일산 정발산역점 ■

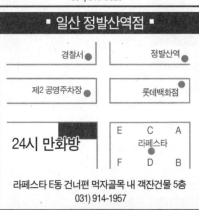

라페스타 E동 건너편 먹자골목 내 객잔건물 5층
031) 914-1957

■ 일산 화정역점 ■

경기도 고양시 덕양구 화정동 984번지 서일빌딩 7층
031) 979-4874 (서일사우나 건물 7층)

■ 부천 역곡역점 ■

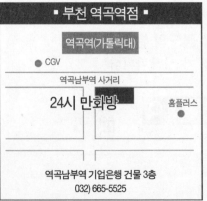

역곡남부역 기업은행 건물 3층
032) 665-5525

■ 부평역점 ■

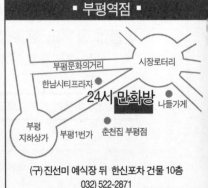

(구) 진선미 예식장 뒤 한신포차 건물 10층
032) 522-2871

魔教神殺
淘湯文影

천마신교
낙양지부

정보석 新무협 판타지 소설

FANTASTIC ORIENTAL HEROES

무협武俠의 무武란 무엇을 뜻하는가?
바로 자신의 협俠을 강제強制하는 힘이다.

자신을 넘어, 타인을 통해, 천하 끝까지 그 힘이 이른다면,
그것이 곧 신神의 경지.

일개 인간이 입신入神하기 위해
필요한 것은 무엇인가?

지금, 그 답을 찾기 위한
피월려의 서사시가 시작된다!

Book Publishing CHUNGEORAM

천마님,
부활
하셨도다

정영교 新무협 판타지 소설

FANTASTIC ORIENTAL HEROES

다시 부활한 천마의 포복절도한 마교 되살리기!

마도의 본산지 십만대산(十萬大山) 마교,
마교 역사상 최악의 위기가 다가왔다!

무림맹의 무림통일로 마교의 영광은 먼 과거가 되어버리고
마교는 옛 영광을 되찾기 위해 시조(始祖) 천마를 부활시키는데···

"오오오, 차··· 천마님! 부··· 부활하셨나이까!"
"이 미친놈들이 지금 무슨 짓을 저지른 건지는 알고 있는 게냐?!"

하나 점점 악화일로로 치닫게 되는 상황 속에서
과연 천마는 마교의 영광을 되찾을 수 있을 것인가!

지금, 유일무이한 천마의 통쾌한 이야기가 시작된다!

Book Publishing CHUNGEORAM

유행이 아닌 자유추구
WWW. chungeoram.com

고검독보

천성민 新무협 판타지 소설

FANTASTIC ORIENTAL HEROES

강남 무림을 일대 혼란에 빠뜨린 마라천.
그들을 막아선 것은
고독검협(孤獨劍俠)이라 불린 일대고수였다.

마라천이 무너지고 난 후,
홀연 무림에서 모습을 감춘 고독검협.

그리고 수 년……

그가 다시 무림으로 나섰다.
한 자루 부러진 녹슨 검을 든 채로……!

Book Publishing CHUNGEORAM

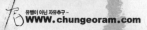

유행이 아닌 자유추구 -
WWW. chungeoram.com

보지
제일
주의

FANTASTIC ORIENTAL HEROES

김용진 新무협 판타지 소설

황실 다음가는 권력을 지녔다고 하는
천문단가(千文團家)에서 오대독자가 태어났다.
그리고 그 아이는 튼튼하게 자라났다.
…굉장히 튼튼하게.

『보신제일주의』

"다 큰 어른들도 하기 힘들어하는 수련인데
공자께서는 요령도 피우시지 않는군요. 대단합니다."
"건강하게 오래 살려면 해야 하는 일이니까요."

취미는 삼 뿌리 씹기, 약탕기는 생활필수품!
그리고 추구하는 건 오로지 보신(保身)!
하지만… 무림의 가혹한 은원은 피할 수 없다.

"각오완료(覺悟完了)다. 살아남아 주마!"

Book Publishing CHUNGEORAM

유행이 아닌 자유추구 -
WWW.chungeoram.com